SODOMITA

ALEXANDRE VIDAL PORTO

Sodomita

Companhia Das Letras

Copyright © 2023 by Alexandre Vidal Porto

Grafia atualizada segundo o Acordo Ortográfico da Língua Portuguesa de 1990, que entrou em vigor no Brasil em 2009.

Capa
Raul Loureiro

Imagem de capa
Balboa lässt Indianer durch Bluthunde zerreissen, de Théodore de Bry, 1655. Reprodução de duncan1890/ iStock

Preparação
Ana Cecília Agua de Melo

Revisão
Adriana Bairrada
Ingrid Romão

Os personagens e as situações desta obra são reais apenas no universo da ficção; não se referem a pessoas e fatos concretos, e não emitem opinião sobre eles.

Dados Internacionais de Catalogação na Publicação (CIP)
(Câmara Brasileira do Livro, SP, Brasil)

Porto, Alexandre Vidal
   Sodomita / Alexandre Vidal Porto. — 1ª ed. — São Paulo : Companhia das Letras, 2023.

   ISBN 978-85-359-3541-7

   1. Ficção brasileira I. Título.

23-157466   CDD-B869.3

Índice para catálogo sistemático:
1. Ficção : Literatura brasileira B869.3

Aline Graziele Benitez – Bibliotecária – CRB-1/3129

Todos os direitos desta edição reservados à
EDITORA SCHWARCZ S.A.
Rua Bandeira Paulista, 702, cj. 32
04532-002 — São Paulo — SP
Telefone: (11) 3707-3500
www.companhiadasletras.com.br
www.blogdacompanhia.com.br
facebook.com/companhiadasletras
instagram.com/companhiadasletras
twitter.com/cialetras

*Para Michael, que está sempre comigo, para o
professor Luiz Mott, que me apresentou o personagem,
e para Andréa e Marçal, que ouviram cada palavra*

[...] *quis cem vezes matar-me, mas ainda amava a vida. Essa fraqueza ridícula é talvez uma de nossas inclinações mais funestas; pois existe algo mais tolo do que querer carregar continuamente um fardo que se quer sempre jogar no chão?*

Voltaire, Candido, tradução de Mario Laranjeira

Sumário

I. De como um violeiro de Évora, recebendo mau alvitre do próprio irmão e estando disponível às coisas do Diabo, termina encarcerado, desencaminhado e sancionado pela Santa Inquisição, 11

II. De como Luiz Delgado segue para seu degredo, que, ao vê-lo, lhe sorri, 23

III. De como o mesmo tal violeiro, abrigado pela caridade humana, envolve-se em um himeneu esdrúxulo e avança no caminho da prosperidade, 29

IV. De como se comprova que bens materiais não compram virtude nem protegem contra o pecado, 41

V. Da vulnerabilidade das fêmeas e da fortaleza da criação, em especial na órfã Florência, casada por conveniência sem conhecer a natureza do marido e que fabulava no papel uma crônica imaginária sobre vidas e impressões que não eram só suas, 53

VI. De como o violeiro tornado tabaqueiro reencontra todo o passado de uma vez e é confrontado pela tentação, à qual sucumbe com gosto, 61

VII. De como o tabaqueiro, buscando recuperar-se de enganos e maus julgamentos, tenta reconstruir Sodoma na Baía de Todos os Santos, 73

VIII. Das folias do tabaqueiro e seu mancebo ator e da sabedoria quimbanda sobre micos e fanchonices, 81

IX. Maquinações do espírito registradas pela mulher cronista sobre sua própria situação, 91

X. De como Florência se apavora com a notícia que lhe dera uma índia na praia e tenta matar dois coelhos de uma só cajadada, 95

XI. De como sobre esta terra há de viver o mais forte e dos artifícios de que se utilizam os fracos para defender-se desse destino, 105

XII. De como Luiz Delgado e Doroteu perdem o juízo, mas Florência, não, 113

XIII. De como a virtude persegue o pecado onde quer que este se instale, 121

XIV. De como a juventude é mais virtuosa e mais admirada pelas gentes, 133

XV. Lisboa, Luanda, Paraíso, 147

I. De como um violeiro de Évora, recebendo mau alvitre do próprio irmão e estando disponível às coisas do Diabo, termina encarcerado, desencaminhado e sancionado pela Santa Inquisição

Antes do raiar do sol, ainda na penumbra do 7 de fevereiro do ano da graça de 1669, Luiz Delgado deixava o cárcere do Tribunal, no Palácio dos Estaus, perto da Praça do Rossio. Saía escoltado, em fila, mãos atadas, pés descalços, na madrugada fria de inverno, na companhia de hereges e devassos, todos penitentes já reconciliados com a Santa Igreja, como ele próprio.

Cada um dos onze penitentes levava uma vela de sebo acesa entre as mãos e seguia ladeado por dois servidores do Tribunal do Santo Ofício. Vinham vestidos com a túnica amarela de algodão grosseiro dos que haviam atentado contra a fé e sido julgados e condenados por isso. Sobre a túnica, pintada à mão, uma cruz de Santo André vermelha, marca do Cristo que resgatou um coração pecador.

À frente do grupo iam três frades dominicanos, com capas e capuzes negros, carregando tochas. Um deles, o mais alto, empunhava o estandarte da Inquisição: *Justitia et Misericordia*. Seguia a procissão um pequeno cortejo, composto de três comissários do Santo Ofício, montados em cavalos ornamentados com penachos. Empunhavam tochas, tal qual os frades que abriam e lideravam o cortejo daquela massa de homens desorientados.

Os condenados atravessaram ruas e esplanadas sob apupos e xingamentos por parte dos vários populares que se dispuseram a assistir a penitência se cumprir. Alguns haviam despejado imundícies sobre as pedras do caminho para que os condenados, descalços, sentissem na pele nua a bosta de homens e animais e todo tipo de podridão.

Luiz Delgado descia as ladeiras de Lisboa levado apenas pelo movimento repetitivo de suas pernas. O frio entrava pelos punhos e tomava conta dos ossos, um a um, tornando seu corpo inerte, vazio de sensações e pensamentos, gelado como um cadáver que carrega a si próprio.

Chegara a Lisboa no ano em que lhe despontaram os primeiros fios de barba. Tinha ido trabalhar de aprendiz de picheleiro com o irmão mais velho, João, que se iniciara nesse ofício anos antes na oficina de um conterrâneo de Évora. Sucede que Luiz Delgado dedilhava a viola muito bem, e que havia à época pouca encomenda de trabalho. De forma que o dono da oficina onde fora auxiliar o mandou trabalhar de violeiro numa casa de mulheres que carecia de um, como forma de não ter de lhe pagar alimentação e sustento.

Com o talento reconhecido por todos que o ouviam tocar, foi dispersando-se Delgado da ideia e do caminho de picheleiro, das ligas e dos metais, e foi-se acercando do mundo das melodias e das canções, violeiro de profissão que se tornou.

Esse seu ofício se exercia quase sempre depois do cair da noite, em tavernas, hospedarias e bordéis. Vivia no vulgacho, gostava da arraia. Era sorridente e fagueiro e criava muitas amizades por todos os lugares em que dedilhava sua viola. O trabalho lhe proporcionava o que queria ter: amigos, enlevos e divertimentos. Lisboa, como mãe amorosa, mostrara que a vida podia ser boa.

Mas havia limites, e, tendo-os rompido, Luiz Delgado cumpria seu destino envergonhado. Restava-lhe como consolo o alívio de ter poupado aos pais, ambos defuntos, o vexame e a dor de vê-lo descendo as ladeiras daquele reino vestido como preso, apontado como desumano, marcado como pecador.

Dói-lhe o corpo inteiro: cabeça, tronco e membros. Dispersa-se sua consciência. Pelas narinas, invade o cheiro da maré. Mas seu sangue segue pulsando.

E seguiu pulsando assim, até chegarem ao Terreiro do Paço, defronte ao Palácio Real, junto ao Tejo, onde foi ele confiado, com os demais penitentes e toda a documentação relativa ao processo e à condenação de cada um, ao mestre da nau *Santa Catarina*, Alexandre Faustino, que assumia o encargo sobre sua pessoa e sobre a ração de peixe seco e víveres que lhe deveria bastar para os mais ou menos sessenta dias de duração da travessia.

Parte só e nada deixa. Para ele, todos os laços se romperam.

Era alto de corpo, alvo, magro de cara. Tinha olhos raros que chamavam a atenção por serem do mesmo anil das pedras de Goa. De idade tinha vinte anos, pouco mais ou menos.

Fora mal influenciado por João, seu irmão mais velho, ou melhor, pelo próprio Demônio, que falou pela boca do irmão e o convenceu ao malfeito. Roubaram três alguidares pesados de cobre de uma taverna ao pé da Mouraria, que se encontrava fechada por morte recente do taberneiro.

O filho deste, dando-se conta do desaparecimento das peças, questionou o ajudante da casa que, pressionado, enfim confessou o nome dos ladrões com quem estava mancomunado: "aquele filho do moleiro lá dos lados da Ribeira, João Delgado, e seu irmão mais jovem, de nome Luiz".

Foram encarcerados os dois irmãos na cadeia pública, um pouco acima da Sé. Como não restituíram os alguidares nem se reembolsou seu valor ao filho do taberneiro, seguiriam presos até que se resolvesse a questão de uma maneira ou de outra. Os irmãos eram assistidos em suas necessidades materiais pela família da mulher de João, cujo cunhado, de nome Brás, lhes levava provisões e forros limpos para os catres, semana sim semana não.

O tal Brás era um rapazola franzino, muito juvenil e solícito, que, nas ocasiões em que lhes levava suprimento e alguma roupa limpa, congregava muito com Luiz Delgado, porque eram próximos em idade e em temperamento e nutriam um pelo outro verdadeira afeição.

O rapazola Brás também parecia ser da simpatia dos demais detidos na cela dos presos, por lhes prestar ajudas e realizar trâmites, e também dos carcereiros, a quem a cada visita trazia ovos de pata como agrado.

Na noite de maior tempestade no mês de abril, alegou o tal Brás que tardara demais em sua assistência e que, ao voltar para casa na calada noturna, além da lama, teria de lidar com todo tipo de malfeitores e ladrões que a escuridão revela lá para os lados de sua morada.

Diante de tão fundada alegação, o carcereiro assentiu em que Brás passasse a noite na cela, dividindo o leito com seus parentes.

E os pernoites de Brás na cadeia voltaram a ocorrer diversas vezes, ou porque chovia, ou porque havia ficado tarde, ou até porque lhe doesse o calcanhar ou lhe faltasse disposição para a longa caminhada de volta à casa dos pais. Sua presença tornou-se comum, e as pessoas já não se davam conta se pernoitava por lá ou não.

Os dois irmãos já levavam perto de seis meses de encarceramento quando os inquisidores tomaram ciência, por uma carta escrita por um presidiário, de que um tal prisioneiro da cadeia pública por furto "pecava com um rapazola de nome Brás e com ele dormia contra a castidade".

Quatro dias passados, instaurou-se na cadeia pública um sumário de culpas para investigar a veracidade dessa grave acusação. Depois da ouvida de diversos prisioneiros, depreendeu-se que tal alegação se dava contra o tal violeiro Luiz Delgado, natural de Évora, detido com o irmão pelo roubo de alguidares de cobre ao pé da Mouraria.

Durante as investigações, alguns detentos declararam estranhar ao início as afeições e os carinhos trocados entre os dois parentes, mas que se contentaram com a justificativa de que essa maneira de demonstrar carinho era tradição das famílias do Alentejo, de onde provinham seu sangue e seus costumes.

Com o correr dos dias, um preso confirmou que ouvira Luiz dizer a Brás: "Esta noite hei de fazer-lhe o traseiro em rachas..." e "Chega já para cá, que o quero sentir por dentro", ao que Brás sorriu, sem nada responder. E ainda outro detento declarou que os havia visto, o mais novo entre as pernas do mais velho, movimentando-se e gemendo manso em meio a beijos, abraços e suspiros.

O derradeiro e definitivo testemunho foi dado por um ladrão do Minho, que afirmou ter percebido o seguinte diálogo do rapazola para o violeiro: "Deixa-me em paz, por caridade, pois que já fez esta noite comigo três vezes", ao que o violeiro respondeu com um abraço, e que, em um pouco mais de tempo, já se podiam perceber gemidos abafados por parte do tal Brás, com as insistências de Delgado para que se calasse.

Ao cabo dessa fase investigativa, o Promotor da Inquisição encontrou suficiente mérito e veracidade na denúncia. A acusação contra Luiz Delgado sairia, portanto, do juízo civil e passaria para o juízo religioso. Mudava-se da cadeia pública para os cárceres secretos do Santo Ofício. Passava das mãos dos homens para as mãos de Deus.

Era acusado de praticar o mais torpe, sujo e desonesto pecado: a sodomia, que, sendo oculto, tem prova suficiente em conjecturas e presunções, tendo a arbitrariedade valor de julgamento.

Foi lançado sozinho em uma cela escura e acanhada. Gotículas de água minavam contínua e lentamente por entre as pedras da parede. O feixe de palha que lhe servia de cama absorvia a umidade fria do ambiente. Sua única companhia eram ratos famélicos e baratas insidiosas, além de um cântaro de imundícies que era recolhido apenas uma vez por semana.

Ao término da terceira semana daquele cativeiro, quando não mais atinava se era alvorada ou crepúsculo, foi levado à presença de três inquisidores que lhe ordenaram que se pusesse de joelhos. Consta que era 5 de outubro do ano da Graça de 1668.

Após as orações que cabiam, procederam à leitura da acusação que faziam contra Luiz Delgado de pecar no nefando e na mais torpe das ofensas com o rapazola Brás Filgueira, na cela dos detidos da cadeia pública, como dava testemunho a palavra de cinco prisioneiros que os viram ou os perceberam.

Os inquisidores iniciaram com a recomendação de que o acusado fizesse inteira e verdadeira admissão de suas culpas, para alívio de sua consciência e bom andamento do processo.

Perguntaram-lhe, então, se admitia tais práticas contra a natureza e se confessava haver introduzido seu membro desonesto no vaso natural do rapazola Brás, derramando semente em seu interior, como lhe acusavam de ter feito.

Luiz Delgado, com a visão magoada pela luz que já havia dias lhe faltava aos olhos, afirmou aos inquisidores ser cristão devoto, respeitoso e temente a Deus, que não pecara introduzindo seu membro nem nas carnes do rapazola Brás nem nas de qualquer outro varão, e que a culpa que se lhe imputava brotava da malícia de seus inimigos.

Confessou, no entanto, por ser temente a Deus e crente em sua misericórdia infinita, na presença dos inquisidores e de todos os santos celestes, que, em duas ou três ocasiões, mas não mais, em que quis o Divino que o rapazola Brás pernoitasse na cadeia pública, e que por dever familiar estenderam-lhe os catres para que não sofresse o pobre de frio, a pele dele e a do parente se encontraram em busca do calor, já que era época da chuva gélida e quando já se podiam esperar neves.

Os Demônios que povoam aquele covil de criminosos trafegavam soltos por correntes de ar frio. Fora um destes que o tomara, cegando-o. E, quando, por impulso, as peles e os corpos buscavam calor e conforto na pureza do Cristo, foram surpreendidos pelo Demônio. Fracos que estavam, debilitados pelo frio, caíram em desnorteio, com o Diabo e seus auxiliares tomando-lhes os sentidos, e, em meio a tal sequestro malévolo, esfregou seu membro viril na virilha e entre as pernas do tal Brás, mas sem o penetrar nem intentar penetrar pelo seu vaso traseiro, derramando todas as vezes sua semente na mão, na barriga ou entre as pernas do sujeito.

Prosseguiu asseverando que foram as mãos do próprio Belzebu que lhe haviam tapado os olhos durante os tocamentos torpes que tivera com o mancebo. E que foi o amor pelo Cristo crucificado que o resgatara de cometer o pecado mortal e o desnorteio mais completo.

Prostrado no solo, diante de seus inquisidores, disse assumir toda a culpa que lhe cabia pelos pecados da natureza perversa que em todo homem há. E que toda sua alma se prostrava, clamando pela misericórdia divina, e seu corpo, em arrependimento, se entregava às penas que a Santa Igreja e seus servos leais lhe quisessem infligir.

Em duas novas sessões de perguntas, separadas uma da outra por uma semana, voltou a negar o pecado nefando com o rapazola Brás, ou qualquer outro, e reafirmou a admissão de seu quinhão de culpa nos atos destrutivos que o Demônio obrara por seu corpo.

Na quinta semana depois do primeiro encontro com os inquisidores, foi levado à Sala do Santo Ofício, onde lhe deram a conhecer os termos de sua penitência. Os inquisidores, de início, lhe disseram que a misericórdia infinita da Santa Igreja lhe poupava a infâmia de um auto de fé, e que sua pena seria proferida sob a bênção do crucifixo que presidia aquele salão.

Puseram muita consideração na gravidade de sua ofensa e no estar-se vulnerável aos ataques do indizível e repararam, como causa de seus infortúnios, no fato de Delgado encontrar-se alienado do santo caminho, e que seu castigo se daria sobretudo por essa sua alienação, que é o começo de todo mal, no ser e no mundo.

Sem embargo, apreciaram seu espírito de arrependimento e divisaram legítima sinceridade cristã em seus propósitos de redenção demonstrados perante a cruz. E, por ser de tenra idade e por ter a vulnerabilidade do corpo, decidiram não o enviar ao tormento físico, para que não se debilitasse o corpo ainda mais, permitindo a entrada e a prevalência do pecado.

Pelas ditas culpas que do violeiro Luiz Delgado havia na Inquisição contra a Santa Fé católica, ficou ele obrigado a cumprir penas espirituais, recitando cotidianamente as orações tradicionais da Igreja enquanto entre os vivos permanecesse, sendo que, para permitir-lhe tempo de consolidarem-se as raízes de seu compromisso com a Igreja, imputava-se-lhe a pena de dez anos de degredo nas selvagens terras do Brasil, a fim de que pudesse, durante esse período, provar-se de benefício ao Reino dos Santos e ao Reino de Portugal.

II. De como Luiz Delgado segue para seu degredo, que, ao vê-lo, lhe sorri

A nau *Santa Catarina* tinha sido construída mesmo na sede do Reino, na Ribeira das Naus. Levava cento e vinte tonéis e cerca de duzentas pessoas, e nela Luiz Delgado seguiria para o cumprimento do degredo no Brasil. Seguindo a posição do sol e das estrelas, seu piloto a faria descer pela costa da África até o sul de Cabo Verde. Da Ilha do Sal, soprada pelos ventos do norte, chegaria até a zona de calmaria perto do trópico do Equador. De lá, baixaria pelas correntes do Atlântico, até aportar na capital e sede da administração colonial do Brasil. Na cidade nomeada como o Cristo: São Salvador da Baía de Todos os Santos.

A nau zarpara. A bordo, no passadiço, sob custódia do mestre da embarcação, os condenados esperavam para ser trancafiados no exíguo espaço do porão que lhes serviria de abrigo.

Lisboa, a Bela, a capital do Reino, tornava-se mancha

ínfima no horizonte. Nunca pensara que chegaria a viajar às Colônias. Seu mundo acabava e recomeçava com a visão daquela cidade que desaparecia no limiar entre o céu e o oceano...

Permaneceriam os indesejáveis pecadores a maior parte do tempo algemados, recolhidos a seus catres, a menos que os liberasse o capitão por alguma razão merecida. A comida que lhes serviam era biscoito com sabor a mofo e algo da ração de peixe seco que traziam a bordo de Portugal. A água que bebiam era insalubre. As horas eram longas e se arrastavam devagar.

No sétimo dia ao mar, seis homens da tripulação caíram doentes com uma peste que lhes forçava o vômito e a caganeira, sem que nada lhes parasse no estômago ou nas tripas. Afundavam-se-lhes os olhos. Os seis homens doentes juntaram-se a Jesus no terceiro dia da enfermidade. Mais uma dúzia os seguiu, todos pelas aparentes mesmas razões. Depois disso, quis a Providência de Deus que por vários dias ninguém mais perecesse.

Como entre os defuntos havia nove tripulantes, o mestre da nau consultou o capitão acerca da conveniência de utilizarem-se os degredados nos afazeres da navegação. Por demonstrarem tranquilidade e afabilidade e terem cometido apenas pecado venal, foi autorizado o uso de quatro dos degredados para as conveniências do navio, mas Luiz Delgado não figurou entre eles.

Sucede que, quatro dias de terem avistado a costa de Ajudá, outro surto da mesma praga levou mais duas dúzias de almas para o reencontro com o Criador. Foi depois desse infortúnio que ordenou o mestre da nau que se recorresse à assistência de todos os degredados, por falta de gente de melhor qualidade. Demandavam-lhe todo tipo de atenção e esforço. A nenhum deles Luiz Delgado se furtou. Por observador, logo conseguia dar-se conta de tudo o que no passadiço ocorria.

E nele, o degredado, o mestre da nau pareceu identificar engenho legítimo e confiável, e foi assim que se tornou de qualquer serventia ao andamento da viagem, além de, nas noites de calmaria, dedilhar a viola deixada por um dos defuntos, fosse no porão, no convés, onde quer que estivesse, o que alegrava e amigava a todos os que perto dele se encontrassem.

No compartimento lúgubre em que passava as noites, tentava dar balanço à sua vida, desejando que o vento do mar levasse a natureza perversa que nele ainda habitava. Pensava no rapazola Brás e no que lhe teria sucedido. Lembrava da amizade dele e da dos outros.

Dias e noites sobre as ondas, subindo e descendo, acomodando os sentimentos que Deus criou com o engenho de sua arquitetura. Com a graça divina, Luiz Delgado seguia para seu degredo como pecador arrependido e transformado, com o firme desígnio de rechaçar o que fosse de afeição perversa.

Quando iam a três dias de avistarem a Baía de Todos os Santos, Delgado deu alarme de uma nau com velas oblíquas assomando no horizonte, para a qual nem o capitão nem o piloto atinaram. Por isso lhe deram muito valor, já que certamente seriam corsários dos mares, e mais ainda lhe deram valor quando resgatou o mestre da nau das chamas lançadas ao castelo da popa por ação de dois corsários malteses infiltrados na tripulação como marujos, os quais o capitão mandou enforcar sem julgamento no mastro mais alto quando se sufocou a sublevação.

Por tudo o que realizara, ao entregá-lo desembarcado à autoridade eclesiástica como pecador degredado que cumpria sua pena, disse o capitão da nau *Santa Catarina* a propósito de Luiz Delgado: *"Não sei de que ofensa se penitencia este natural de Évora, visto que no incêndio que se perpetrou em nossa nau perdeu-se nas chamas o baú do escrivão e com ele o historial dos processos dos penitentes. Posso eu afirmar, sem nenhum embargo, que, qualquer que haja sido o pecado a suscitar seu degredo para estas terras, este empalidecerá diante de toda e tanta virtude cristã demonstrada pelo dito mancebo Delgado, jovem ainda e cheio de bem-aventurança no caminho futuro de sua vida cristã nesta cidade de São Salvador".*

III. De como o mesmo tal violeiro, abrigado pela caridade humana, envolve-se em um himeneu esdrúxulo e avança no caminho da prosperidade

Bafejado pela sorte, no dia seguinte ao seu desembarque, Luiz Delgado conseguiu emprego. Foi por recomendação do próprio Alexandre Faustino que Adamastor Beirão, negociante de tabaco com loja estabelecida na cidade baixa, o recebeu como supervisor dos quatro escravos em uso no comércio que mantinha na Conceição da Praia, perto da zona portuária.

Ofereceu-lhe dois cruzados de salário mais morada no barracão de parede de taipa e teto de palha, construído entre a barraca dos escravos e o terreiro onde se adoçavam e se enrolavam as folhas do tabaco, que consistia no objeto daquele negócio.

No barracão sem janelas, em meio às rumas de cordas de fumo e seu odor, Luiz Delgado encontrara seu catre, com colchão de palha e um lençol de trapo para as noites mais frescas. Sobre o tal colchão, deixaram-lhe uma panela de barro virgem, feita na própria olaria doméstica, e também um copo de estanho, coisa que, por rara, pareceu a Luiz Delgado de extremo zelo e acolhimento.

Luiz Delgado bendisse os céus por tal oportunidade, que, além de ser justa e benéfica, era a única que se lhe tinha apresentado na terra de sua chegada.

Tomou logo com afinco seu labor. Mantinha os três escravos machos — Cosme, Cícero e Silvestre — sob boa orientação no trato do tabaco, da olaria e do pomar. Eram dóceis e bem-mandados, mas traziam no olhar a tristeza do cativeiro, que uma criatura de Deus não perde enquanto persiste tal martírio. Da mesma forma, a escrava fêmea, Ermínia, que trabalhava portas adentro, parecia resignada com seu destino de cativa.

Mas percebiam os quatro que se aguentava bem o labor naquela casa e naquele negócio e que se dava de bom comer aos escravos com largueza e sem dificuldade. Quando havia disciplina, era de medida e razão justas.

Não sabiam de outro senhor que, nas redondezas da rua dos negócios até os altos da Igreja de Santa Clara, regalasse aos cativos, todos os anos, camisas de linho branco e um carneiro inteiro, com a carne e o pelo para que celebrassem o fim da Quaresma, como lhes garantia Adamastor Beirão, sempre nisso muito persuadido por sua afilhada Florência, a real fonte de misericórdia e generosidade cristãs naquele lar e estabelecimento.

Florência era filha única de Filipe Almeida Pereira, Promotor Fiscal da Coroa, e de uma fidalga de nome Inês. Quis a Providência que ela nascesse e, em poucos minutos, tornasse-se órfã. A mãe, morta no parto, encerrava a linhagem dos Flores Dias, sangue valente e valoroso muitas vezes derramado a serviço da Coroa pelo bem de Portugal.

Da filha o pai se encargou muito, nos afetos e nas atenções. Tendo Florência em muito tenra idade demonstrado interesse pelos livros e papéis mais próprio aos varões, reputou Filipe Almeida Pereira que dito interesse viesse por sua companhia e exemplo, procurador de tributos que era, e nisso achou graça e investiu.

Fora ele mesmo quem, em segredo, lhe ensinara matemática e a ler e escrever em latim e grego. Ao cabo de cinco anos da vinda da menina ao mundo, confidenciou o pai ao compadre Adamastor que já sua Florência sabia números e palavras no português e em outras línguas, como na cidade da Bahia poucos varões de barba saberiam.

E, como era da vontade da filha, deu-lhe prosseguimento e autorização para ler todos os volumes que pôde. Enquanto lhe duraram a saúde e a renda, não faltou nada à menina Florência. Mas, tendo sido imprevidente em matéria de dinheiros, como sói ocorrer com os ébrios, o Promotor Fiscal do Reino, outrora tão respeitado, caiu nas arapucas das jogatinas e dos usurários, tendo morrido antes do esperado de um solavanco nos pulmões.

Sua morte precoce deixou a filha sem renda nem herança. Privada de condições pecuniárias para recolher-se a um convento, Florência abrigou-se com sua madrinha Antônia, casada com o tal negociante de tabaco, Adamastor Beirão. Por falta de opção, a órfã de treze anos aceitou seu destino sem agito, porque era isso que lhe cabia fazer.

Certa feita, quando já estava adaptada à morada e à companhia, ao ouvir as queixas dos padrinhos sobre enganos nas contas do registro de uma carga de fumo de rolo que seguiria no lombo de burros até as cercanias de Moitim, veio à afilhada a ideia de escorreitar as contas do negócio de tabaco, como forma de agradecer a generosidade e evitar prejuízos desnecessários a quem tão bem a acolhera. Adamastor pelejava com os números e a escrita. Antônia não sabia letras. Ao início, não depositaram fé na oferta da afilhada, por não ser habilidade que dominem ou de que se ocupem as fêmeas. Mas, quando Adamastor atinou que, do que ele próprio sabia, Florência sabia ainda mais, achou-lhe graça, sem a criticar.

O conhecimento que tinha das letras e da aritmética ajudava a prosperidade do negócio. Foi dessa maneira que Florência passou a colaborar com o ofício das contas e das cartas e de tudo que no negócio tivesse que ser por escrito.

Antes de que o sol começasse a cair, deixava ela os documentos comerciais preparados para a mera conferência e assinatura do padrinho, que, em firma, passava a impressão de conhecer e dominar toda a matéria das letras e dos números, uma vez que não se revelou a ninguém sobre o concurso da moçoila ao negócio, pouco afeito, segundo os costumes, às virtudes da alma feminina. Nem Adamastor, nem Antônia, nem Florência, nem Luiz Delgado concordavam inteiramente com este entendimento sobre as mulheres, desafiando-o no foro doméstico, porém escondendo do público o que na casa se passava em relação aos trabalhos da menina.

Com o temperamento doce e cordato, tornou-se a afilhada imprescindível não apenas para os negócios, mas, também, para os afetos dos padrinhos. Quando Antônia caiu enferma, Florência encheu-se de cuidados, e não havia para ela outra preocupação senão o bem-estar da madrinha. Dava-lhe purgativos, aplicava-lhe unguentos e fazia-lhe caldos de galinha gorda, e, a todo momento, apegava-se aos Santos do Céu.

No entanto, ao cabo de quase três semanas de agonia, Antônia Beirão finalmente foi ter com seu Criador. Com o falecimento da madrinha, Florência cobriu-se de luto por um ano completo. Depois disso, ao ser consultada por Adamastor se gostaria de que lhe buscasse esposo ou se pretenderia recolher-se ao convento das clarissas do Desterro, declarou que sua vontade melhor e o que pedia a Deus era seguir com a vida que tinha, fazendo companhia e auxiliando o padrinho no que lhe pudesse ser de conveniência.

E assim foi.

Viviam na casa maior o velho viúvo e sua afilhada, que se encarregava de cuidar da rotina doméstica como se senhora dona fosse. Mas mantiveram sempre relação honesta e abençoada, como deve ser entre parentes, e cada qual tinha sua própria câmara de dormir.

Ambos observavam todas as obrigações da Santa Igreja e não houve semana em que não tomassem a comunhão e se confessassem ao pé da Cruz. Mas, como é conhecido, a maledicência habita a natureza humana, e comentava-se, sem que do feito constasse prova, que ela servia de mulher ao padrinho, faltando a devida bendição dos Santos.

Por tais maledicentes alegações, corria na ideia do povo que a órfã Florência Dias Pereira não era senhorita que se destinasse a casar, e, naquela terra, nunca aparecera quem a quisesse desposar, não obstante descender ela de cristãos velhos pelos quatro costados e ter a pele alva como o leite. Essa situação de solteirice convinha a Florência, que tampouco demonstrava disposição para o consórcio romântico. Além disso, tinha temperamento desagradado em relação a tudo o que fosse de afazer doméstico, inclusive tarefas de agulha, que ficavam sempre ao encargo da negra Ermínia.

Estando já garantido em bens, Adamastor era generoso com Florência. Reconhecia seu tino comercial e creditava pelo menos parcialmente a ela o êxito econômico dos negócios. Florência botava sempre questão de que os negros recebessem vestuário de qualidade e ração com quanta carne quisessem e gostava de roupas de seda e de adamascado em cores escuras, para exibir sobriedade.

A afilhada preferia ficar portas adentro. Era afável, mas não cultivava amizades. Não trocava confidências com ninguém. Seguia cumprindo as obrigações da Igreja por constrangimento dos santos, não sabendo fazer diferente. Sem que ninguém disso soubesse, seu agrado maior na vida vinha das penas de pato, do papel de cartas e da tinta da China que mandava comprar na botica do veneziano Gaspar.

Pedira a Silvestre que lhe montasse uma tábua de madeira de apoio e, depois da ceia da noite, estando já ela recolhida a sua câmara de dormir, à luz da lamparina de azeite, com o apoio no colo, escrevia com a pena afiada sobre o papel branco o historial do que se passava em sua vida e em vidas de outras pessoas que imaginava. Causava-lhe isso o mais profundo enlevo. Guardava as páginas dessa sua crônica diária na caixa de madeira, protegidas por um couro de bode, junto com os forros dos colchões.

O padrinho dava-se conta do apego da afilhada à escrita. Florência justificava a Adamastor que precisava sempre treinar nas formas das letras e dos números para que a caligrafia lhe saísse bem aprumada e legível. O padrinho contentava-se com a explicação e nunca se queixava das somas que lhe cobrava o veneziano Gaspar pelo papel e pelos artigos que fornecia à afilhada.

Foi depois de regalar-se com duas bacias de ostras que Adamastor sentiu-se mal. Teve febre por onze dias seguidos, a cada dia debilitando-se mais. No nono dia, pediu que chamassem Luiz Delgado para junto de seu leito.

Disse-lhe que pediria um favor, mas que esperava que esse favor pedido se transformasse em favor feito e que fosse benfazejo tanto para a vida terrena do violeiro quanto para a vida eterna do velho.

Primeiro, agradeceu a ajuda que Delgado lhe prestava no negócio de tabaco e bendisse o comandante da nau que o trouxera ao Brasil por lhe haver recomendado tão virtuoso ajudante.

Em seguida, observou que, não tendo nunca notado nele disposição para desposar alguma fêmea em particular e com ela constituir família, queria pedir ao funcionário que tomasse sua afilhada por esposa.

Asseverou que se tratava de moça muito virtuosa, mas que fora criada de modo exótico pelo pai, o que a tornava de temperamento específico pouco talhado para o matrimônio. Tampouco parecia ter interesse pela vida da fé, sendo avessa a recolher-se em um convento.

Não queria morrer e deixar Florência ao desalento e, por isso, além de legar a ela todos os bens terrenos que possuía, encomendava a Delgado que, na condição de esposo, se encarregasse do futuro da afilhada e de seus negócios.

Com o assentimento de Delgado, Adamastor chamou Florência à câmara e lhe disse, com a voz mais firme que conseguiu emitir, que lhe legava bens e marido, e que era por sua expressa vontade que Luiz Delgado a desposaria, e que ela deveria consentir, porque era bom para ela e, do padrinho, a derradeira vontade.

No dia seguinte, Adamastor pediu que trouxessem um sacerdote para ministrar-lhe a extrema-unção. Florência cuidou para que se atapetasse a entrada da casa com folhas de cravo e laranjeira e para que a casa e o negócio contíguo estivessem alumiados com candeias e lamparinas. Nesse cenário lúgubre, o padre foi recebido pela afilhada, por Luiz Delgado e pelos quatro escravos, todos de joelhos na câmara de dormir de Adamastor.

Sobre a mesa coberta com tecido virgem de linha da terra, uma vela acesa e uma ampola de óleo bento. Com a cruz, o sacerdote tocou os lábios de Adamastor e, recitando-lhe preces em latim (*Per istam sanctam Unctionem et suam piissimam misericordiam adiuvet te Dominus gratia Spiritus Sancti. Amen. Ut a peccatis liberatum te salvet atque propitius allevet.*

Amen), ungiu seus olhos, orelhas, nariz, boca e mãos, os instrumentos dos sentidos e operadores das desgraças, mergulhando os presentes na fumaça do incenso santo.

Adamastor morreu no décimo primeiro dia da febre. Avançado em anos, procurara assegurar a vida eterna com uma boa partida: escolhera uma junta sucessora, pagara os credores e encomendara velas e orações.

Foram Luiz Delgado e Florência, com o concurso de uma parteira, que, juntos, portas adentro, banharam e vestiram o morto. Também deram-lhe um corte de cabelo e lhe apararam as unhas e a barba. Com a chegada de poucos clientes e membros da irmandade católica, a vigília do cadáver durou a noite toda em torno a uma fogueira grande armada no quintal pelos escravos.

Ermínia, que era atenciosa às superstições e ao mundo dos espíritos, varreu a casa de uma ponta à outra. Cuidou de jogar toda a poeira pela porta da frente, que ficaria então fechada para impedir que a alma desencarnada de Adamastor retornasse à vivenda.

Também despejou nas águas correntes do riacho a última lavagem do defunto e recolheu os restos de cabelos e unhas cortadas que dele encontrou, enterrando-os com as devidas rezas ao pé do grande jacarandá carregado de flores roxas. Por fim, com a ajuda dos três negros e a anuência de Florência e Luiz Delgado, queimou nos restos da fogueira as roupas e o colchão de Adamastor.

Florência e Luiz Delgado ofertaram sete vacas em troca da obrigação de que se rezasse uma missa mensal pelo bom descanso da alma do padrinho. De resto, guardaram luto mais no coração que nas atitudes, dando jeito de continuar a pronta subsistência dos negócios. Ela porque era o que fazia, ele porque tinha muitos ânimos de prosperar.

IV. De como se comprova que bens materiais não compram virtude nem protegem contra o pecado

Florência e Luiz Delgado sempre tiveram uma amizade cordial. Fora ela quem convencera Adamastor de que era necessário auxílio para coordenar o trabalho dos escravos no recibo e no tratamento dos tabacos que chegavam de Maragogipe, dos campos de Cachoeira e de toda parte do Recôncavo. Fora ela igualmente quem pedira a Cosme que deixasse o copo de estanho no barracão, para que dele se utilizasse Luiz Delgado em sua chegada. O ajudante português, por seu turno, correspondeu a toda confiança que nele depositaram, e mais, nunca se negando ao trabalho árduo, resultando daí que desde sempre contavam um com a simpatia casta do outro.

Duas semanas depois do funéreo ocorrido, quando passavam a limpo a lista dos encargos do negócio, foi que Luiz Delgado tomou a iniciativa de falar com Florência sobre o casamento, sob pena de deixar sem cumprimento o último desejo do finado Adamastor Beirão.

Florência disse-lhe que, pela vida conjugal, nunca tinha tido nem vontade nem agrado, mas o aceitaria em matrimônio por desígnio de seu abençoado padrinho. Para ela, isso só bastava para que se tomassem por marido e mulher.

Por ter-se demonstrado o consorte varão incapaz de produzir os batistérios necessários para a realização do santo matrimônio na Igreja, resolveram ignorar o casamento sacramental e passaram a viver portas adentro na casa principal herdada de Adamastor como se casados no santo sacramento fossem, do que todas as pessoas de seu convívio, aliás, davam fé, porque, com os anos, foi a história que vingou.

O que se ignorava naquela freguesia era que Luiz Delgado, na primeira noite que abandonou o barracão de taipa pela casa principal, assim tomado de muita vergonha, fizera confissão a Florência de que ele tampouco tivera intenção de matrimônio e que, antes de que passasse para a Eternidade o abençoado padrinho, jurara voto de castidade com todos os santos de sua devoção por questões decorrentes de seu passado que nunca revelara a Adamastor. Acresceu que a tomava por esposa de coração aberto e que esperasse dele a mais frutuosa amizade e o mais profundo desvelo, mas que, em virtude de sua obrigação com os santos, estaria sempre obrigado à castidade.

Muito prontamente respondeu-lhe Florência, avisando que não a tomasse a mal pelo teor do que conversava, mas que o tendo aceitado como esposo, tinha intimidade para confessar-lhe que, para ela, castidade era grande virtude, e que o apego de Delgado pelos santos do Céu denotava a grandeza de espírito de um homem que se conhece pecador. Disse-lhe que não pretendia gerar rebento. Tampouco padecia de calores diabólicos e não o necessitaria como homem carnal, apenas como esposo e amigo abençoado. De ser assim, dava-lhe as boas-vindas àquela casa e sugeria que ocupassem alcovas separadas, para que permanecesse casto o conúbio entre eles.

A casa principal em que moravam era térrea, feita de taipa de mão, alva da cal de mariscos, com portais azuis da cor do manto da Virgem. Era toda coberta de telhas. Tal seção anterior dava para a rua dos negócios com uma janela e uma porta de duas folhas de madeira da terra.

Do salão frontal, saía um passadouro que permitia acesso a quatro alcovas: a de Florência era a primeira, seguida por uma que servia de depósito das ferramentas domésticas e por outra, fechada por serradura, na qual se guardavam utensílios e valores do negócio. A última era a de Luiz Delgado. Aos fundos, servia-se a casa de uma cozinha aberta para um pátio coberto de palha, onde às noites Ermínia pendurava sua rede.

Na edificação adjacente, um pouco mais larga, cumpria-se o negócio dos tabacos. A fachada era branca da mesma cal, e os portais, azuis do mesmo tom como na casa principal. Separava a loja do domicílio a existência, neste, de câmara larga para a entrada dos carros de boi com o fumo que vinha do Recôncavo e que, depois de melado, se vendia à clientela.

As paredes daquela loja, a exemplo das de quase todas as moradas de taipa na rua dos negócios, acabavam em alpendre coberto de palha da mesma espécie do barracão

45

que se via aos fundos do terreno e no qual habitara Luiz Delgado desde que chegara de Portugal.

Para o lado poente, encontravam-se um pomar, a oficina e a olaria doméstica. Era onde dormiam Silvestre, Cícero e Cosme. No quintal, criavam-se aves e porcos. Tudo isso circundado por muros baixos de pedra assentada.

No limite posterior das tais duas propriedades, ao fundo de tudo o que continham, corria o ribeirão do peixe, que se provava sempre muito útil para as tarefas do asseio do domicílio e do negócio.

O interior da casa principal vinha ornado com um nicho e um oratório de madeira, como era de regra naquela cidade. De mobiliário, havia o que para uma casa era necessário, sem extravagâncias: três cadeiras de araribá, uma mesa baixa com seu banco, além de um bufete com quatro gavetas competentes.

O chão era de terra batida, e havia sempre um tapete de bananeira trançada, mormente na temporada de chuvas. Cabides de chifre de boi serviam, nas alcovas, para pendurar algo de roupa e, no resto da casa, para enganchar chapéus, arreios e cordas.

Tanto Florência quanto Luiz Delgado, que vieram do Reino, eram desabituados a dormir em redes, à maneira dos tapuias e dos escravos, tendo por isso cada um seu catre com forro de algodão e macela sobre um estrado de pau canela para repelir os bichos e os fluidos dos elementos. Isso bem coberto por um mosquiteiro fiado por Ermínia com o fito de bloquear a pestilência e os ataques das muriçocas e dos besouros voadores.

Na alcova de Florência, além do catre, encontravam-se um tamborete, duas canastras e dois baús com chave. Nas canastras, mantinha as roupas de adamascado de seu querer. Em um dos baús, guardava o apoio de escrita, um envase de tinta da China, penas de pato afiadas e uma resma — pouco mais, pouco menos — de papel virgem do Porto. No outro baú, muitas páginas do tal qual papel já marcadas com sua escrita. Todas essas páginas eram atadas com uma fita longa de seda encarnada e embrulhadas em uma pele de bode de bom curtimento, sobre a qual depositava muitas folhas de alecrim e piperita secas para desgostar os referidos bichos do lugar.

Nunca confessara nem ao pároco nem a ninguém sobre o que continham os baús chaveados. Tampouco sentira vontades ou culpas para fazer tal revelação.

A cidade de São Salvador da Baía de Todos os Santos contava então com não mais que dez mil almas. Além dos livros, circulava o dobro de africanos, além dos tapuias e dos curumins, quase todos ainda pagãos. A gente branca parecia muito devota, como queria ser todo bom cristão — novo ou velho — e como queria que fossem todos a bendita Santa Igreja, que tudo sabe e tudo pode.

Levantavam-se todos com o nascer do sol. Delgado, no entanto, ao acordar, furtava-se repetidas vezes a recitar as Matinas, sem que disso ninguém jamais tenha tido conhecimento. Cosme, Cícero e Silvestre davam os primeiros cuidados aos animais e preparavam as fainas do dia. Ermínia peneirava e preparava a mandioca, que comiam com um naco da carne-seca que houvesse, de caça ou de cria.

Toda a gente da casa, os africanos e os portugueses, compartiam comida do mesmo preparo, sendo os portugueses com mais capricho, portas adentro, sobre a mesa baixa com os pratos de estanho vindos do Reino. Os escravos repastavam de forma mais rústica, sobre uma esteira, servindo-se com as mãos diretamente das cabaças ou das cuias da olaria. Por vontade de Florência, todos lavavam as mãos em uma bacia de água fresca antes e depois das refeições.

Era na terceira alcova da casa principal — a que ficava adjacente à de Luiz Delgado — que Florência fazia o registro das contas e das escrituras. Nisso quedava toda a manhã, com a atenção bem aferrada.

Não tinha contato direto com os compradores, tampouco com os coletadores de tributos da Coroa. Seu contato de fala direta se restringia às pessoas daquela casa, às da Igreja e às do pouco comércio que efetuava, estando nisso sempre acompanhada de Ermínia. Tinha o devido e natural contato com seu pároco confessor, e era só.

Para esticar os ossos, mover os fluidos do corpo e refrescar a maçada das anotações, Florência pausava para ir ao ribeirão do peixe, caminhar pelo pomar ou, no descanso da faina, ter com os escravos, rindo-se muito das gaiatices dos dois macacos-pregos e do papagaio de estimação que os escravos guardavam engaiolados na olaria.

Tudo o que por suas mãos e seus engenhos Florência produzisse no trabalho trazia a assinatura do varão, companheiro marital-amigo, Luiz Delgado, que, por sua vez, em virtude das demandas do mesmo negócio, ficava pouco portas adentro da casa principal.

Era ele que tratava com as gentes e informava as compras e vendas do estabelecimento. Cruzava e conhecia toda a cidade por suas próprias botinas. Duas vezes por semana, acudia ao cais do porto para ter informação das frotas e, sendo o caso, assegurar que se elevassem por molinete, sem prejuízos ou desgastes, as cargas e os tabacos do negócio.

No que fosse de comércio, Luiz Delgado era sempre muito adepto e previdente, como aconselhara que o fosse o abençoado Adamastor Beirão. Na terra colonial que o recebera, cumpria com suas obrigações da matéria e do espírito junto à Santa Igreja, sem exageros. No comércio dos tabacos, a clientela falava bem de seu temperamento amigável e da firmeza de sua palavra, e, naqueles anos, sentia-se ele muito reconhecido e bem tratado naquela cidade.

Àquela altura, observava-se na capital da Terra de Santa Cruz considerável aflição por falta de recursos e dinheiros. Havia carestia dos impostos reais e dos gêneros, e, aparentemente, não queria Nosso Criador que os negros povoassem e ajudassem os engenhos da Bahia.

Só naquele ano santo de 1677 já duas naus completas de negros para o trabalho se haviam perdido por infecção de bexigas. Sequer chegaram a desembarcar os infelizes no porto e, por ordem do médico da Coroa, ficaram isoladas a quatro léguas mar adentro. Quando se cumpriu o destino de todos, os corpos foram jogados aos tubarões e às piores feras marinhas para que na escuridão abissal desaparecessem com suas pragas.

Por essas razões, era prudente cuidar bem da gente negra de trabalho, para que se conservasse saudável e laboriosa.

Florência e Luiz Delgado prezavam bem os negros de seu cabedal, por tais razões comerciais e outras. Tal disposição vinha de sua generosidade de alma e era o que comandavam os anjos da guarda de ambos.

Nesse ambiente propício, Ermínia terminou por se enamorar e emprenhar de Silvestre, tendo, para tanto, dito aos senhores que ambos queriam se amasiar e que era da grande vontade dos dois estender suas esteiras, sozinhos, num canto do chão da olaria da casa, no que foram em todo ouvidos e acatados.

Embora então se visse naquela cidade muita miséria e muita dívida, sempre havia além-mar, seja nas casas comerciais da Metrópole, seja nas costas de Angola e da Guiné, quem do fumo desta capitania quisesse, resultando daí vantajosos empreendimentos para quem no tabaco baiano traficasse.

Poupado por essa razão da agonia de recursos que afetava as fábricas de cana, e com o fito de facilitar os trâmites domésticos para todos os da casa da rua dos negócios, Luiz Delgado adquiriu por quarenta mil réis no mercado da Sé uma negra de casa, de nome Campina, à venda por ruína pecuniária de seu senhor proprietário, que se lamentou muito deixar de contar com seu auxílio.

Quando Campina chegou à casa, Ermínia já estava com o buxo apontado, tanto que, em poucos dias da chegada, desembeiçou uma cria fêmea a quem chamou Esmeralda. Campina assumiu os trabalhos de Ermínia no que tinha de fazer, e o andamento da rotina parecia muito organizado e conveniente. Também a escrava Campina afeiçoara-se a

Esmeralda e a agasalhava como filha, no que era em todo apreciado pela mãe de sangue.

Em Salvador os meses passavam na cadência das missas, das chuvas e das frotas. Luiz Delgado vinha cumprindo seu degredo havia anos, tentando permanecer fiel à Santa Igreja, pelejando para manter seu compromisso de não pecar carnalmente no nefando.

Tinha de aferrar-se com todas as forças a essa determinação. Amiúde o Diabo chegava-lhe forte em tentação da carne, quando punha os olhos no torso dos marujos nos desembarques ou, por curioso, divisava as partes de um varão que urinava.

No escuro, na hora de se revelarem os primeiros reflexos do sol em sua alcova, tinha pensamentos impuros. De olhos cerrados, sentia em seu peito o calor daqueles corpos que lhe provocavam desejo. Algumas vezes, ainda atinava e, depois de se apegar com Jesus e rezar as Completas, conseguia embargar os tocamentos torpes que lhe ensejavam tais lembranças. Por semanas a fio lograva tal embargo das vontades. Ainda assim, ao cabo e inesperadamente, o prazer do indizível lhe chegava em sonho e, ao acordar pela manhã, notava sua semente de homem escarrada sobre as ceroulas.

Por isso entregava-se tanto ao trabalho dos tabacos. Era com lavor que enfraquecia os poderes do Demônio sobre si. Estava sempre atento a tudo o que se passava na rua dos negócios, nas fábricas e no cais. Na temporada das festas, quando o calor era maior, também se distraía dos maus pensamentos dedilhando no alpendre canções galantes de

Portugal e tragando cachaças que vinham dos engenhos do local.

No entanto, em sua convicção e em seus atos, enfraqueciam-se pelo tempo as raízes de sua casta virtude. Ele próprio disso se apercebia. Desde a última festa de Santa Clara dos Enfermos, quando se dera conta da presença do cadete Miguel que se banhava distraído no ribeirão do peixe, pondo grande atenção em sua nudez, Luiz Delgado se entregava sem culpa a maus tocamentos, mais de uma vez por noite, de forma que, no horário das Matinas, já se lhe havia esgotado a semente de homem aos bagos.

Nunca confessara nem ao pároco nem a ninguém mais sobre tais pensamentos e tocamentos torpes. Tampouco sentira vontades ou culpas para fazer tal revelação.

v. Da vulnerabilidade das fêmeas e
da fortaleza da criação, em especial na
órfã Florência, casada por conveniência
sem conhecer a natureza do marido
e que fabulava no papel uma crônica
imaginária sobre vidas e impressões
que não eram só suas

Enquanto Luiz Delgado deitava semente de homem em sua alcova, Florência deitava tinta da China em um caderno de assentos imaginários, que não mostrava a ninguém. Era essa a sua maior intimidade. Olhava para a borda de seu dedo médio pintada de negro e inteligia que aquelas letras no papel eram ela, tudo ela, papel, carne e tinta. Suas palavras escritas não magoavam nem o corpo nem a alma de qualquer cristão. A crônica que ela registrava não chegava a nenhum lugar e, por dita razão, não feria as leis de Deus. Era como pensava Florência. Ainda assim, escrevia em segredo.

No quase nada que trouxe Florência como herança ao chegar à morada dos padrinhos, vinha um tomo filosófico de lógica, interdito, escrito em língua latina e indicado com o *ex libris* de seu falecido pai, Filipe Almeida Pereira, ao qual ninguém na casa de Adamastor e Antônia fez caso.

Florência teve a boa dita de crescer cercada de afeição sincera. Seus anjos da guarda e seus tutores protegeram-na, e nada houvera nunca que a tivesse exposto ao mundo diabólico da natureza humana. Sua presença exsudava bondade divina, ainda que não fosse ela muito afeita às orações e horas litúrgicas.

Tampouco era ela muito afeita às festividades e procissões. Evitava o divertimento das festas e *te-deums* que as irmandades organizavam. Mas quando as ruas iam iluminadas e recebiam decoração, tinha a preocupação de pedir a Ermínia e a Campina que instalassem os vasos de flores no beiral e pousassem ali, sobre a gelosia da janela, a mantilha do santo em celebração.

A vizinhança que a via a tomava por excêntrica, mesmo sem conhecer as excentricidades em que incorria. Preferia que lhe fosse assim. Sentia-se boa cristã apenas por frequentar as missas devidas e, a cada oito dias, estar com seu confessor, mesmo que não confessasse tudo o que em sua alma havia. Não sentia peso, culpa ou danação, sem que disso ninguém, além das folhas de papel que eram ela mesma, tomasse ou desse conhecimento.

As narrativas imaginárias que Florência deitava por escrito eram dela, mas poderiam ser de qualquer outrem que se dispusesse a escrevê-las. Eram histórias que se encontravam dentro de seu coração, que filtrava por suas mãos, nas quais ela própria como pessoa não figurava. Seriam especulações sobre o espírito dos outros, partindo do seu próprio. Como se a personagem e a criadora se encontrassem como a tinta e o papel, mas só a personagem fosse identificável.

Além desses seus apontamentos personalíssimos, também deitava por escrito, em papel de menor qualidade, um registro mediante anotações breves e economia de palavras dos acontecimentos diários e dos gastos mais relevantes da casa e do negócio.

Há de se ter presente que Florência Dias Pereira encontrava também muito transporte nas leituras que fazia. Guardava ela na alcova das escrituras os volumes que seu finado padrinho lhe regalara pela Páscoa de cada ano: um *Almanaque de provérbios*, um *Breviário para oração e catecismo*, a *Brochura de orientação para os cuidados com o lar*, o *Vade-mécum* de receitas médicas caseiras e um folheto dos *Elementos de civilidade*.

Superior e mais intenso deleite lhe causavam as descrições nos tratados de ciências físicas, vindos de outras partes e sempre proscritos pelo Tribunal do Santo Ofício, que na Terra de Santa Cruz comandava a disseminação da palavra e a purificação da cristandade. A posse e a leitura de tais infernidades podiam suscitar pesadas penitências. Isso não obstante, Luiz Delgado lhe regalara um desses desvirtuados livros por concurso de uns italianos, que na cidade do Salvador aportaram a caminho da rota de São Tomé.

Para não magoar a Santa Igreja e tampouco por ela ser magoada, esses tais livros proscritos que chegassem a Florência com ela permaneciam sem que ninguém disso soubesse, menos seu marido-amigo, que era quem, por meio de muitos ardis, os conseguia junto a um negociante flamengo blasfemo envolvido com o marfim, que os trazia em seu equipamento de Amsterdão, caso se lhe apresentasse condição de segurança para tanto.

O tal flamengo, que tinha cabelo vermelho como fogo, adquirira em Nuremberga três volumes: *Artis Magnae sive de regulis algebraicis, Historia Animalum* e *Arithmetica infinitium*, que revendeu a Luiz Delgado por cinco réis a peça.

No ano anterior à peste das bichas, em fevereiro, Luiz Delgado conseguiu-lhe com um comerciante bretão as aventuras da Almahide e de outras mulheres ilustres, descritas por uma donzela da corte de França e às donzelas destinadas. Tais escritos de fêmeas andavam muito em voga na corte francesa e proporcionavam a Florência grande enlevo, mas nas terras de Portugal, cujo Reino é santo, por ordem da Inquisição, tais aventuras nenhum cristão podia ler. Por tal proscrição, ocultava-os todos muito, não dando deles conhecimento nem ao seu pároco confessor.

Estavam os livros dentro dela, sem saída.

Os únicos a terem conhecimento de tais livros eram Luiz Delgado, que manteria o segredo, e os comerciantes blasfemos que os traficaram — os italianos, o flamengo, os bretões, o forro sudanês — e que os oceanos conservavam longe. Por receber tais livros, Florência valorizava muito Luiz Delgado e sempre dava sentida reza ao padrinho, que lhe legara como marido um amigo protetor.

De natureza, com Florência, Luiz Delgado igual era discreto e de pouco palavrório. Marido e mulher viam-se em roupa de casa, pela proximidade que provoca viver no mesmo imóvel, mas nunca se viram desnudos ou tiveram qualquer aproximação lasciva, pelo que ambos estavam gratificados um ao outro.

A intimidade que trocavam eram os segredos que dividiam: a peculiaridade de seu himeneu, o voto de castidade, os livros proscritos em línguas da Europa, os lavores que Florência despendia nos negócios, a pouca importância que consagravam portas adentro às pregações da Santa Madre Igreja. Trocavam tais segredos e os que mais surgissem. E ficaram nesse estado muito cômodos, porque sentiam genuína confiança um no outro.

Em troça, Luiz Delgado recordava as palavras do bem--aventurado Adamastor, que nomeava "exótica" a educação de Florência. E gaitavam muito ambos, mormente se na ceia tivessem bebido qualquer vinho do Reino, que disso os portugueses daquela casa eram muito adeptos.

E não havia na rua dos negócios e por toda a freguesia, que se soubesse, nenhuma outra fêmea que conhecesse letras e números como ela. Dessa educação esdrúxula sabiam o marido e os negros da casa, apenas, e era sempre bom que assim fosse.

vi. De como o violeiro tornado tabaqueiro reencontra todo o passado de uma vez e é confrontado pela tentação, à qual sucumbe com gosto

Foi com o sol a pino, na hora do Angelus, quando o Diabo estava às soltas, que Luiz Delgado voltou a dar com a vista na figura do referido cadete Miguel. Encontrava-se este no auxílio do barqueiro Lessa, nas movidas que demandassem as naus. A Luiz Delgado pareceu inusitado tal auxílio do cadete, por isso indagou sobre tão insólita colaboração.

O dito barqueiro Lessa, que levara sempre boa conversa com Luiz Delgado nos trâmites que desembaraçaram juntos, contou que o cadete Miguel de Soures, proveniente das ilhas do Reino para o serviço naquela capitania, havia se desamigado com um alferes da Infantaria, Josué Pestana, que o infamara. Por tais maledicências, fora exonerado de sua Real tropa.

Mais que isso só informou o barqueiro que dava o auxílio por caridade e até a arribação da frota, uma vez que naquela Baía de Todos os Santos não aportariam barcos grandes pelos três ou quatro meses vindouros, a depender de como Deus dispusesse de seus atrasos e de suas embarcações.

Por razões de cortesia e de interesse desonesto, acercou-se Luiz Delgado do cadete, estendendo-lhe a mão à moda da Madeira e apresentando-se. Tomou a mão suada do militar e teve muito prazer no calor que sentiu. Pedro, Manuel, Hierônimo, Rodrigo, Joaquim, Constante, Gaspar, Félix, Sebastião, Crispim, Frutuoso, Estêvão, Baltazar, Francisco, Filipe, Gonçalo, Domingos, Brás. Vieram-lhe todos.

Inquiriu o cadete Miguel, pedindo para isso vênia, se de família não se originaria Luiz Delgado do Minho, pois que seu olhar cor de anil era o olhar de muita gente do norte, a começar pelo de seu finado paizinho. Também inquiriu, antes que Luiz Delgado se devolvesse à rua dos negócios, e pedindo ainda mais vênia para tanto, se não teria o tabaqueiro conhecimento de algum lugar comercial ou oficina que pudesse abrigá-lo como ajudante e contar com a força de seus braços e com o seu concurso fiel.

Luiz Delgado ficou muito bem impressionado com o trato de Miguel de Soures. Também marcou seus olhos que o dito cadete trazia roupas, por molhadas, bem pegadas aos peitos e aos flancos, o que lhe avivou as atrações pecaminosas pelo dito cadete e por outros, e contra as quais lutava cada dia mais enfraquecido.

E tais interditas atrações vinham quando observava ou as pudendas dos índios ou os sorrisos dos músicos ou os braços dos agricultores ou as mãos dos pescadores, as coxas dos sapateiros, os traseiros dos pajens, tudo o provocava. Vivia nesse embate contra o Demônio, que enxergava em muitos dos varões de sua convivência.

No começo do subsequente mês de setembro, quando já dava a brisa mansa nas costas desta Bahia, teve Luiz Delgado a notícia de entreveros com uma carga de tabacos retida nas cercanias de Itapicuru após a morte do agricultor de quem a adquirira. Por ser de largo montante o negócio dos referidos tabacos, recomendava que fosse seu proprietário legítimo a inquirir por seu bem.

Para não dar interrupção aos trabalhos de sua loja na cidade, desonerou seus negros próprios de seguir consigo até as fábricas de Itapicuru. Os índios bravos daquele sertão se encontravam bem apaziguados, mas Luiz Delgado achou por bem trazer um negro consigo porque carecia de ajuda para arrear e cuidar de sua montaria e segurança. Para tais efeitos, pensou em alugar um preto grande de nome Afonsino, cujo proprietário comerciava quinquilharias na vizinhança da rua dos negócios, e o alugava para trâmites alheios.

Por estar Afonsino na ocasião fraco dos bofes e mal de saúde para lhe auxiliar em viagem, veio à mente de Luiz Delgado o nome e a figura do tal cadete Miguel, que, egresso da Infantaria, além das tarefas gerais de companhia e cavalo, conheceria igualmente ações de pólvora e tiro, nisso auxiliando sua segurança em vantagem do dito negro Afonsino.

A ideia de empenhar o cadete na jornada a Itapicuru pareceu conveniente e correta a Florência e a todos os que dela tomaram conhecimento. Também o cadete fez muito gosto na oferta de Luiz Delgado, porque já arribava do porto de Salvador a última frota da estação, e o auxílio que lhe prestava o barqueiro Lessa por sua ajuda deixaria de ter motivo e paga.

Foi na vigésima Dominga depois do Pentecoste que Luiz Delgado e o cadete Miguel partiram a cavalo para o norte, na direção de Sergipe Del Rey, por quatro dias e três noites. Tinham ambos um pouco de ideia de que tal excursão lhes preparava o próprio Satanás, que nela incluiria, se não pecado material, pelo menos muitos pensamentos impuríssimos, os quais segundo a Santa Igreja deveriam sempre deplorar. Ainda assim nessa excursão seguiram juntos como os dois cavalos que os levavam sentindo o faro do pecado.

Durante o dia seguiam a paisagem do caminho e pensavam no ritmo lento e sincopado dos cavalos, trocando pouca palavra.

Quando começava a cair a noite, resolveram apear junto a um cajueiro, ao lado de uma clareira afastada do caminho umas dez braças. Embora não fosse seu dever como senhor, Luiz Delgado ajudou o cadete a montar o fogo em volta do qual iriam pendurar suas redes, achando muita graça na fala e no jeito do militar.

Enquanto comiam da farinha batida com carne-seca que trouxeram, elogiou muito a companhia e a ajuda ao dito cadete, que contestou-lhe afirmando sua honra e seu gosto em servir a tão admirável compatriota. Beberam juntos uma botija de aguardente do engenho da Andiroba que Miguel trouxera consigo e alegraram-se muito, sendo que, no final desta primeira noite da jornada, sentiam-se já em amizade um com o outro, chamando-se mesmo pelo primeiro nome. Quando quiseram fumar petum, o fizeram no mesmo cachimbo, com a boca de um tocando na marca da boca do outro.

E quando disse Delgado que lhe dava mareio dormir nas redes à moda dos índios, preferindo por isso esticar sua esteira ao chão, o acompanhou nisso o cadete Miguel, também estendendo outra esteira ao comprido da de Delgado, ainda que apreciasse dormir na rede, estando nesse hábito já muito adaptado.

Deitaram-se lado a lado, embriagados de aguardente e de petum, pautando o ritmo das batidas do coração pelos pios da coruja e das outras aves noturnas.

É no calor do sangue circulante que reside e se transporta o pecado adormecido em cada um de nós, bastando um toque para despertá-lo. Nessa vigília do sono contra a consciência, a mão de um tocou a mão do outro, e, em pouco, amparavam-se um contra o outro, empurrando o corpo para lados opostos, com Miguel de costas para Delgado, como se acasalados estivessem. E, quando se lhe aproximou a um a boca do outro, beijaram-se sem proferir palavra.

Andaram um em cima do outro e, com sua boca, mamaram um na natura do outro. Sabiam ambos que, às vezes, sob o véu da noite, a luta contra o pecado provava-se inglória e que, na situação em que se encontravam, não haveria vontade de defesa contra a tentação.

Com a aurora, despertaram um nos braços do outro, como se casal fossem, e disso não tiveram vergonha. Ao longo do resto do percurso até Itapicuru, e na volta, repetiram o pecado nefando que os deliciava todas as noites, em torno das fogueiras, e também durante os dias, se calhassem as paradas que faziam para verter água e descansar a montaria, com um tocando o outro em seus membros ou de outros modos lascivos.

Tendo resolvido o trâmite das cargas dos tabacos, concordaram na rota de volta a Salvador que a ninguém comentariam sobre sua relação desonesta, tampouco dela fariam confissão aos párocos da Santa Igreja, para protegerem-se da ira de Deus.

Com quatro dias de seu retorno de Itapicuru, Delgado considerou com Florência que, tendo encontrado no jovem cadete tanta disposição e energia, via bom uso para ele no negócio dos tabacos, que se expandia, e que poderia o tal cadete assumir atividades que ele próprio tinha antes do passamento do bendito Adamastor Beirão.

Florência concordou que a loja poderia se beneficiar do concurso do dito militar e assentiu à ideia de seu auxílio nos negócios. Por não contar com morada naquela cidade, o cadete Miguel carecia abrigar-se no trabalho. A solução que se dera com Delgado quando chegara de Portugal já não era factível, uma vez que o barracão de taipa, no qual se depositavam os rolos de fumo e onde teve Delgado seu primeiro catre naquela residência, encontrava-se ocupado por Silvestre, Ermínia e Esmeralda, que ali pernoitavam como família. A oficina doméstica e sua olaria eram a dormida dos outros escravos machos, Cícero e Cosme, e o alpendre era onde pendurava sua rede a negra Campina.

O cadete poderia ter se acomodado no alpendre da casa dos negócios, em uma rede, mas já era tempo de chuvas, e não se deve negar caridade a um cristão-velho de quatro costados que recomeçava a vida nas terras do Brasil, como ele próprio Luiz Delgado recomeçara.

Por todas essas ditas razões e considerações, ofereceu--lhe, num gesto de caridade e solidariedade cristãs, que dividissem sua alcova de dormir. Florência deu-se conta de que não haveria alternativa e assentiu, perguntando onde instalariam um segundo catre. A resposta que obteve era que já não carecia, visto que o referido militar apanhara o costume dos índios, dormindo sempre pendurado em uma rede.

Mas o fato é que, na alcova, dormiam os dois como macho e fêmea. O coração de Delgado estava todo possuído pelas trevas daquela vontade inimiga do gênero humano. Segundo a Sagrada Santa Igreja, não haveria nada mais desprezível e deletério. No entanto, para Delgado e seu cadete, tal referida possessão só trazia deleite — que apenas aumentava com os acometimentos desonestos que mantinham, com o ajuntamento dos membros viris pela frente e por detrás.

O cadete Miguel colocava mais atenção no nefando e nas palavras namoradas que no trabalho e, com duas semanas de ofício, arrumou arenga com os negros Cícero e Cosme, aos quais quisera dar tormento e chibata, causando terrível impressão em todo o foro doméstico, onde jamais se vira semelhante comportamento.

Florência mais ainda importunou-se com o tal dito comportamento do cadete e também com uns mandados seus que ele atrasara por cumprir. As escravas fêmeas o encontravam arrogante e parvo, e só a Luiz Delgado parecia trazer o tal cadete Miguel satisfações e contentamentos.

69

Tratava-o como a um igual e, sobretudo para o que fosse de trabalho, estava sempre procurando seu alvitre e sua opinião. Florência julgava ver nas atitudes do marido virtudes cristãs. Os escravos achavam que o senhor havia caído sob a influência de alguma mandinga, já que, à presença do referido cadete, se lhe modificavam o comportamento, os humores e os atos.

E se lhe modificaram muito mais os humores quando, depois de dormirem juntos e pecarem no nefando por quarenta dias e quarenta noites, desapareceu o tal cadete da casa e da loja na rua dos negócios, sem que ninguém o pudesse encontrar ou dele dar notícia. Levara consigo seus pertences, mais dois gibões de tecido francês, um chapéu e um par de botinas de couro liso que pertenciam a Luiz Delgado. E mais não levou nem deixou.

Soubera, depois, pelo barqueiro Lessa que, ainda antes de partirem em excursão para Itapicuru, o cadete Miguel se amigara com uns marujos italianos, e que partira na aurora daquele mesmo dia numa nau retardatária que seguira para Gênova.

Para Delgado, melhor houvera sido que uma espada lhe tivesse cortado a cabeça ou perfurado o coração, porque sua dor seria menor, e poderia ser gritada.

Por toda uma semana, sentiu-se fraco e causava-lhe muita pena ao espírito sair de sua alcova pelas manhãs e ter de lidar com as tarefas do trabalho. Por todo lugar buscava a visão do cadete Miguel. A toda hora parecia que ouvia sua voz. Da frustração de faltar-lhe ao olhar é que vinham suas melancolias e seus calafrios.

A todos na casa da rua dos negócios se fez notar o esmorecimento de Delgado. Proibiu às negras que trocassem o forro do seu catre, porque era onde ainda conseguia encontrar o cheiro do dito referido cadete que tanto lhe inflamara o coração.

Florência observava o sofrimento do marido, mas não sabia interpretá-lo, julgando serem humores da bile que se acumulavam no fígado, ou quem sabe um tipo de banzo, porque nem todos estamos bem o tempo todo. Nesse período, colocava com intenção por Luiz Delgado toda oração que fosse realizar.

Durante toda essa temporada malsã, Delgado desaproximou-se da viola. Campina preparava-lhe caldo de franga e dava-lhe sumo de mangaba e de cambuí para que pudesse finalmente recuperar os humores naturais perdidos, o que, ao cabo de dois ou três meses de sofrimento e penas do coração, conseguiu lograr.

VII. De como o tabaqueiro, buscando recuperar-se de enganos e maus julgamentos, tenta reconstruir Sodoma na Baía de Todos os Santos

Em agosto, vinham dar nas enseadas e nas embocaduras dos rios do litoral da Baía de Todos os Santos grandes cardumes de tainhas. Nessa temporada, todos os dias formavam-se na praia mutirões de escravos para pescar, secar e salgar os peixes. Já perto do fim da tarde, baixava Luiz Delgado à Conceição da Praia para acompanhar tal faina. Sentiu-se perto de endoidecer quando fugira da Bahia o cadete Miguel. Passava o tempo dando suspiros em sua alcova, na loja ou onde quer que o levassem os negócios. A esta altura, porém, tais penas haviam regredido e já se sentia ele retornado ao bom caminho das virtudes cristãs. Não que seus pensamentos impuros houvessem cessado. Continuavam a habitar nele as lembranças lascivas com outros varões, que lhe causavam fazer punhetas várias vezes ao mês. No entanto, contrariamente à sua inclinação original e diferentemente do que com o malfadado cadete Miguel acordara, decidira confessar ao pároco as velhacarias que cometera com o referido militar, buscando com esse ato lograr um pequeno quinhão de paz interior.

Confessou-lhe que, com o referido cadete Miguel de Soures, que trabalhara de ajudante em sua loja, em uma ocasião quando tiveram de deslindar uma carga de fumo nas cercanias de Itapicuru, ao pousarem para pernoite não longe do Engenho de Pirajá, nos rumos da citada localidade, deram-se muito à pinga e ao petum, e que, quando já se achavam bem castigados, começaram ambos a folgar e a lutar, pegando um no outro, e que o militar agarrara sua natura dizendo que estava mole e mandara que pegasse na dele, que se encontrava muito dura, e o viu levantar as ceroulas na dianteira, e que praticaram na ocasião muitas fanchonices, sem contudo manter ajuntamento carnal ou ter poluição dentro do sesso.

E que, nesta cidade de Salvador, por não querer deixar um cristão-velho dormir entre os escravos, dividiram pelo tempo que na loja auxiliou a alcova mesma de Delgado, e que, desatinados pelo pecado, cometeram um com o outro muitos e repetidos atos de sensualidade, despidos, ora na cama, ora fora dela, na referida alcova, bem como no bananal na margem norte do chamado ribeirão do peixe.

E que, em uma única ocasião, embriagados de vinho do Reino, depois de várias palavras amorosas que entre si tiveram e também de outros afagos, que são os incentivos da luxúria, se pôs o dito militar sobre ele e que o penetrou, e que sentindo que o penetrara, depois de alguma fricção o tirou, desviando seu corpo para que dentro não derramasse semente de criação, como com efeito não derramou.

Ao final de sua confissão ao pároco, perto das festividades de São João, o religioso lhe asseverou com gravidade que os pecados que cometera eram péssimos e horrendos, provocadores da ira de Deus, e que a Divina Providência poderia destruir ou castigar a capitania pelos atos de sodomia que ali se cumprissem. Como penitência, prescreveu fazer a cada dia uma hora de oração mental dividida em duas vezes, parte de manhã, parte à noite. Ouvir missa todos os dias, e, não podendo, meditá-la espiritualmente. Rezar a cada dia o Rosário ou o Terço com devoção, a Novena das Almas e a Estação do Santíssimo Sacramento. Praticar todos os dias muitos atos de amor a Deus e muitas e fervorosas jaculatórias, e se não se lhe lembrar outra, repetir esta muitas vezes: "Senhor tende misericórdia de mim". Jejuar nas sextas e nos sábados. À noite, fazer exame de consciência pouco antes de se deitar, pedindo a clemência divina.

E, depois disso, seguiu Luiz Delgado a rotina regular de sua vida na capital daquela capitania. Continuava muito confiante com Florência, e seu casamento era feito do amor de irmãos. Punham juntos muita atenção em tudo o que fosse do negócio, que prosperava. Sobre intimidades, não conversavam tanto, uma vez que não as sustentavam.

Compartilhavam temor e desconfiança em relação a como as coisas se engendravam naquela cidade, com a vulnerabilidade de um e de outro diante de um Deus que não os admitia no comando de nada. Ouviam sua voz pelas bocas da Igreja. Por instinto, protegiam-se desse Deus, que diminuía as mulheres e tinha ódio aos fanchonos.

Dos sentimentos do marido pelo sexo dos varões a mulher nada sabia. Ignorava ela que o marido mantivera relação desonesta com o cadete Miguel de Soures e, mais ainda, que seguia Luiz Delgado com os cinco sentidos muito alertas para tudo o que fosse da nefanda prática.

As legítimas inclinações venéreas do tabaqueiro eram de todo ignoradas pelo pároco confessor, que, nessa época, vinha recebendo de Delgado confissões mornas, de quem trilha, ainda que com uma ou outra dificuldade, o caminho da salvação. Desconhecido do confessor, entre outros desvios, era o fato, comprovável pela verdade das almas, de que, com sete meses da fuga do cadete Miguel para o Mediterrâneo, aliciara Luiz Delgado um negro cativo da Guiné, de nome Duarte, pertencente ao boticário João Gomes, para o cometimento de somitigarias, e sendo isso amiúde.

O tal dito escravo Duarte era muito infamado de somitigo e, no nefando, levava o ofício de fêmea. Foi Luiz Delgado que, tendo dado com ele em trâmites na rua dos navegantes, chamou-o pelo nome, conduzindo-o para os fundos da dita botica, provocando-lhe a pecar, por isso prometendo ao escravo dois vinténs.

Assentiu Duarte ao acerto, mas, como ocupado de tempo estivesse, marcaram que se encontrariam junto aos pés de algodão para os lados dos Poxins, quando aparecesse a primeira estrela no céu e já fosse tempo de rezar as Vésperas, de maneira que, com efeito, congregaram e pecaram.

Ocultos pela noite e pelo algodoal, pediu Luiz Delgado ao dito Duarte que lhe tocasse a natura. Depois, que nela mamasse. Tendo o negro feito como lhe dissera, ordenara que se virasse Duarte de barriga para baixo e, tendo feito outra vez mais como lhe dissera, lançou-se de bruços sobre as costas dele e, com seu membro viril desonesto, penetrou no vaso traseiro dele e dentro dele cumpriu, fazendo com o escravo por detrás como se faz com mulher pela frente.

Por confidência feita a ele pelo referido escravo Duarte, travou conhecimento de que o cozinheiro Jerônimo Soares alcovitava homens a cometerem seus desvios heréticos, emprestando mediante pago sua casa na rua dos Cavalleros, na Japaratuba, para que consumassem o nefário.

E, nessa pocilga de perdição, pagava para meter a mão na braguilha e beijar outros mancebos e, três ou quatro vezes, na mesma rua dos Cavalleros, fizera a punheta e depois por detrás com o senhor dono de Duarte, o boticário João Gomes, que também era filho de Sodoma.

Na Japaratuba, protegido pelas paredes de taipa da casa do alcoviteiro Jerônimo, tendo persuadido alguém que se deitasse consigo e fizesse caso de seus afagos e razões, acabara por copular e somitigar com o índio Jacinto, que já morreu, da aldeia de São José, bem como com o pescador Francisco Pacheco, com um jovem mameluco de nome Domingos Beicinho, com o italiano Cerembella, com o prático Manuel Fagundo e com Pedro Roque, oleiro, filho de um gentio de Angola, repetindo tais atos sempre que lhe tomava a cabeça a dissipação.

Feitiçaria, protestantismo, bigamia, opiniões heréticas, erros luteranos: nada era pior e ofendia mais a criação que a sodomia, vício dos clérigos.

Ainda assim, Luiz Delgado emprestou a morada de sua

alma a tudo o de mais aberrante. Somitigarias, maus pecados, velhacarias, fanchonices, ósculos, amplexos, molícies de toda sorte, fornicações perversas, mamadas, punhetas, coxetas, vício italiano: tudo isso praticou com muitos.

No entanto, o encontro que teve na Porta do Carmo com um ator travestido de nome Doroteu Antunes desviaria o andamento e o futuro de sua vida.

Tudo isso pela graça e desígnio de Nosso Redentor Jesus Cristo, cuja misericórdia é infinita e perene.

VIII. Das folias do tabaqueiro e seu mancebo ator e da sabedoria quimbanda sobre micos e fanchonices

Os macacos pregos de estimação da olaria doméstica caíram ainda filhotes nas arapucas de visgo de jaca armadas por Cosme no pomar. Andavam ambos com um fio de couro atado em volta da barriga para não fugirem e sempre provocavam alegrias e gaitadas durante o lavor dos escravos, sendo por isso muito afeiçoados pela negraria da casa, que chamava de Pitu a um e de Chinfrim ao outro.

Na véspera do primeiro Advento daquele ano, quando buscava distração momentânea dos registros de carga que efetuava, Florência foi ter com Campina, que ralava mandioca de cócoras no chão da dita olaria, estando mesmo próxima aos macacos, que folgavam em rebuliço ao redor. Ao olhar para a algazarra dos macacos, deu-se conta de que faziam fanchonices entre si, com Chinfrim pegando nas partes de Pitu, atritando-as como se lhes quisesse dar prazer e ver-lhes expelir sujidades.

Florência, por desconhecer tais hábitos e tais visões, ruborizou-se, e, notando a negra Campina o vexame da senhora, fez-lhe troça, dizendo-lhe serem tais afagos da natureza de alguns macacos daquele tipo, bem como da natureza de alguns homens de sua terra, que no pecado nefando serviam seja como agentes ou pacientes, e que ninguém os desrespeitava nem lhes encontrava vigarice, porque é a vontade da natureza e das entidades sagradas, que os querem e os criam assim. E que viu dessa forma não apenas nas terras de Angola, mas também na nação dos Manicongos.

Florência fazia sempre muita atenção e razão ao que Campina alegava, pois as alegações da escrava atinavam sabedoria, e logo deixou de ver ofensa nos atos naturais dos dois macacos. Por que os criaria Deus se fosse para odiá-los e daná-los?

Na crônica imaginária que escrevia, ao relatar a história da amizade de duas camponesas, chegara a pressentir a existência desse tipo de amor perverso, evitando então descrevê-lo para não ceder espaço ao Diabo neste mundo.

Porém, depois do que lhe comentara Campina, pensava que a "sodomia não era pecado, mas se cuidava que era pecado, o era, se não cuidava, não era..." e nisso não mais ocupou a atenção.

Foi três semanas depois dessa conversação que tiveram Florência e Campina sobre a natureza do nefando entre os macacos e os Manicongos e das meditações da senhora sobre as camponesas, já estando próximo do Natal, que Luiz Delgado deu com os olhos no tal ator Doroteu Antunes.

Seguia a cavalo em direção aos jogos acrobáticos que

faziam escravos e forros nos Campos de Santo Antônio ao entardecer, quando, lá pelas alturas da Porta do Carmo, avistou um grupo de cristãos paramentados que encenariam um auto teatral de catequese comandado pelo Colégio dos Jesuítas.

Seu destino pediu que apeasse da montaria para assistir à encenação daqueles mambembes cristãos em celebração da Santa Natividade, e assim o fez. De pé, bem aprumado, teve imediata ciência da presença de um mancebo em personagem de dama, com os olhos cobertos de sombras, lábios pintados de carmim e a cabeleira frisada a ferro, sob um manto de algodão fino.

O dito travestido notou o olhar fixado do tabaqueiro e, mais ainda, quando tocou este as próprias partes, como se lhe enrijecesse o membro. O ator, dando-se conta sem se abusar, respondeu-lhe à distância com uma mesura e um meneio de cabeça, pousando o dedo médio e também o indicador bem esticados sobre o coração, e Luiz Delgado, ao ver tal toque cordial, sentiu ademais também que seu coração fazia um sorriso.

Doroteu Antunes era trigueiro, bem-aventurado de rosto e bem-feito de corpo. Vivia com o pai numa casa perto da fonte dos pereiros. Era letrado em português e algo de latim e conhecia um pouco a língua geral dos tapuias, estando certamente apto a candidatar-se ao estudantado do clero.

Andou muito empenhado em abrigar-se no Colégio dos Jesuítas ou em um dos mosteiros desta cidade, porém, mais que compostura e algum recurso, faltavam-lhe as credenciais do sangue, já que descendia de gente hebreia batizada havia pouco tempo.

Andava a serviço da catequese da Companhia de Jesus na esperança de que alguém pudesse nele encontrar vocação e devoção legítimas, e que lograsse uma afiliação, ainda que das menores, junto a alguma santa ordem de clérigos. Para ele, sempre calhavam as encenações mulheris e ele disso não se queixava nem botava dó, ao contrário.

Tinha fisionomia e gestos efeminados, e os moradores das adjacências da referida fonte dos pereiros costumavam mangar do seu falar de fanchono, sem que parecesse ele magoar-se ou dar-se conta das infâmias que lhe eram dirigidas. Quando nos autos catequéticos não estava, andava buscando o dinheiro possível com o ofício alcançável, sem escolher, por força da sobrevivência.

E é a mais verdade que Doroteu andou amigado com diversos rapazes e com eles manteve conversações e ofícios lascivos, e que transpira entre os chismeiros que o sapateiro Alvarado, em cuja oficina se abrigara, o usara como fêmea e que juntos pecavam no nefando. É também da mais verdade que qualquer homem de natureza sodomita que o visse por ele se perderia ao imaginar a quantas estripulias e deleites seu corpo se prestaria.

De assim ser, acercou-se Delgado ao ator depois da encenação, sinalizando que se dirigisse ao costado. Ali, lhe apreciou os dotes artísticos e, com espírito de galhofa, ofertou-lhe dez vinténs para que, em dia futuro, encenasse o mesmo auto em audiência privada, tendo ao tabaqueiro como único assistente, ao que, com um sorriso fino, assentiu o travestido.

E foi Doroteu, de cara lavada das sombras e dos carmins, mais um dos que Luiz Delgado forniçou na rua dos Cavalleros com o concurso pago do alcoviteiro Jerônimo. E fato é que aos dois lhes saiu a cama muito bem, e os afagos e deleites, mais ainda. E que passaram muito da noite em diálogo de naturas e em conversações de almas, tendo cada um confessado mais de si próprio que a qualquer outrem do passado, bendizendo muito nas falas e no coração aquela noite em que o dito Jerônimo os alcovitou.

Disse-lhe o mancebo que o pai, de ofício, era marceneiro e, de origem, cristão-novo de Ponte do Lima. Baixado de Pernambuco para a Bahia, enviuvara cedo de uma cantora da Capitania do Rio de Janeiro e andava agora sem eira nem beira, causando que dele se falassem coisas de má-reputação.

Era amigado da aguardente e, quando prejudicado, rechaçava muito os modos adamados do filho, a quem dizia não ter gerado rebento para que lhe resultasse donzelão. Das falas e ralhações do pai sofria sim Doroteu grandes dores e ressentimento, e delas trazia proporcional mágoa ao peito.

E também soube que Doroteu quisera estar ao serviço do Senhor, como integrante do clero mais devoto, mas que não lhe ouviu tal súplica Nosso Criador, nunca lhe concedendo tal graça e distinção entre os mortais por razões incontornáveis de nascença.

Mais ainda contou que se iniciou no sendeiro de Sodoma quando, certa feita, lhe causara o pai muita dor com suas palavras de reprovação e, mais ainda, com um golpe de ferro ao lombo, que lhe causou lanhados e sangramento. Como busca de consolo, e porque sabia que estavam feitas umas chinelas suas à oficina do sapateiro Alvarado, foi ter com o dito-cujo, que morava em uma casa térrea na rua da Conceição.

E entrando na casa do dito sapateiro, com quem sempre tivera diálogo e amizade honestos, o achou só, comendo pão e bananas. Convidou-o a dividir sua mesa. Ao longo do repasto, notou-lhe o sapateiro a tristeza. Por descuido e por insistência do tal Alvarado, fez confissão das mágoas que lhe causara o pai.

Solidarizando-se muito com suas penas, Alvarado ofereceu-lhe o aconchego de um amplexo, abrigando contra si o corpo de Doroteu. Esse contato do sapateiro com o moçoilo trouxe a ambos calenturas, transtornando o mais velho, que usou da força de seus braços para lançar de bruços o mais novo e se colocar em cima dele por detrás, arregaçando-lhe a perna do calção, fazendo abertura para, pela dita abertura, meter o membro viril e lhe chegar ao sesso, querendo penetrar por ele, fazendo agitação e movimentos como se fizera com mulher fornicação, até derramar sujidade.

Não se desamigaram por isso, ao contrário, e ainda buscava Doroteu abrigo na casa do sapateiro quando lhe surgiam incompatibilidades na casa paterna, e o pai o expulsava à própria sorte. De ser assim, serviria como fêmea a Alvarado pelo tempo que durasse o abrigo. Também receberia muitos afagos, palavras namoradas, regalos de alguns vinténs, pães e bananas — ou da fruta que houvesse na colheita doméstica.

Depois do que lhe confidenciara Doroteu, Delgado sentiu-se acercado o suficiente para contar-lhe do rapazola Brás e dos outros, e das razões pelas quais viera dar nesta Bahia, e tudo isso com muita confiança e siso. Nesta mesma noite ainda se entretiveram com algumas conversas outras e com um par de ajuntamentos carnais, e lhes deu muitos sentimentos e muita calidez tal encontro, e os olhares que trocaram calaram fundo em ambos os corações. Ao deixarem Luiz Delgado e Doroteu Antunes a cama na rua dos Cavalleros, já perto do surgir do sol, despediram-se com muitas palavras sentidas.

Desta primeira feita que não compareceu Luiz Delgado à rua dos negócios nas horas de hábito, pôs-se Florência deveras aflita, mas se contentara por fim com a notícia dada pelo marido de que arribara uma frota na baía já depois do cair da noite, e que lá ficara a ter com os desembarcados. Depois dessa uma vez, deu-se ao hábito de que Delgado podia, por força dos negócios, regressar à casa durante a noite fechada e disso não mais se preocupou.

Luiz Delgado tinha vontade de Doroteu todos os dias. Para que não andassem tão descompostos como visitantes contumazes do negro Jerônimo na Japaratuba ou deitando-se às carreiras na erva dos bananais e dos pés de algodão, no terceiro mês de se conhecerem decidiu Delgado alugar-lhe uma pequena casa junto à Fonte São Francisco, ao sopé do convento dos franciscanos, presenteando Doroteu, ademais, com dois gibões estofados, três camisas, botinas de pelica, três pares de meias de seda de cor e dois calções bufantes de cetim, para que se trajasse sempre muito mimoso.

Fora vencido pelo apetite da carne. Não sabia o que lhe dava, porque somente ver os traços de Doroteu é que lhe causava alívio ao coração. E mais, seu coração era todo dele, e por ele todas as suas paixões ardiam. Ficavam muito juntos, às vezes mesmo em pernoite. E, de então por diante, foi como viveram: às folias, muito juntos em colóquios amorosos.

IX. Maquinações do espírito registradas pela mulher cronista sobre sua própria situação

Desde as festividades do Natal, atino em Delgado movimentos de alma e mudanças de ser cujas motivações não alcanço decifrar. O hábito de quebrarmos o jejum da noite juntos depois das Matinas tornou-se silencioso. Já não chega à casa congregar para o almoço e depois dormir a sesta, como era costume antigo. Alega afazeres portas afora, os quais, sói ocorrer, invadem o horário da ceia e entram pela noite fechada. De recente, têm-se passado dias sem que do meu marido possa eu dar vista, seja porque saíra antes ou porque chegara depois.

Não julgo que o ocupem lavores da loja, porque, desde que se lhe modificou o comportamento, mais gasta do que vende e tem deixado suas prestações de contas bastante em desalinho. Mas sua disposição é contente e muito distante da de quando lhe adoeceu o espírito nos meses seguintes à traição que lhe impingiu aquele cadete trânsfuga Miguel de Soures.

Devo reconhecer que a natureza de meu himeneu sempre há

sido singular. A palavra que o nomeia não corresponde à sua função. Não espero de Delgado o que se antecipa de um marido, porque nunca ardeu fogo em meu coração, nem por ele senti desejos de fêmea.

Quis o Criador que não tenham meus peitos vontades de aleitar. Igual quis que, em minha alma, fosse pouca a devoção e grande o ceticismo. Meu amado padrinho dizia-me esdrúxula, e não serei eu a desdizê-lo. O matrimônio a que assenti é a dívida que lhe pago, uma vontade que lhe concedi. É a herança de proteção que me legou.

Devo aceitar tal condição com júbilo. Nesta capitania, quantas entre as filhas de Eva receberam bênção dessa mesma talha? No comércio, tenho as cifras e os destinos das cargas. Portas afora, tenho o que me proteja da desonra.

Farejo mais dor que alegria nas mulheres desta cidade. Encerradas em muros, sob véus de um benfeitor. Ou com a carne e as vontades bem expostas, como em um mercado. Meu santo padrinho proveio com que o jugo de Delgado sobre mim sirva apenas para proteger-me.

Aprecio a companhia de meu marido-amigo por ser de natureza gentil e cuidadosa. Ressinto, contudo, seu atual desacordo. Com a escassez de sua presença, concede-me tempo para que decifre palavras nos livros e produza as crônicas deste diário, que me trazem satisfação e conforto, sendo tal sem que me apontem blasfêmia ou heresia.

E tais maquinações assaz me movem o espírito.

x. De como Florência se apavora com a notícia que lhe dera uma índia na praia e tenta matar dois coelhos de uma só cajadada

Todos os que o conhecem supõem que há anos Delgado faz vida com sua mulher, Florência, assistindo-a com todo recolhimento e honestidade, como é notório. No entanto, a conversação que mantém com este ator tão mulheril é estranhada, e disso se murmura grandemente.

Também são estranhados nas contas da loja, por Florência, os montantes frequentes que dispensa Delgado dos negócios, sem que deles ofereça recibos ou contrapartidas, desde que com Doroteu Antunes travou amizade.

Em uma das raras vezes nessa temporada em que na casa dedicou tempo para dedilhar sua viola, tomou a mulher a licença de perguntar ao marido sobre os gastos que dispensava com o mencionado Doroteu, recebendo por explicação que encontrava no rapazinho genuína devoção cristã, e que era por pura caridade que o apoiava materialmente a fim de que fosse enviado a estudar no Colégio dos Jesuítas ou em outro menor.

Esperava no entanto que tais gastos e retiradas continuassem apenas até o rapazola haver obtido êxito em sua afiliação religiosa. Florência surpreendeu-se com a largueza da caridade do marido, mas aceitou-a, porque só o penitenciado sabe a penitência que lhe cabe.

Ocorre que, na terceira quarta-feira da Quaresma, sendo uma hora e meia da noite, nas cercanias do Convento de São Francisco, ao passarem juntamente pelas imediações um feitor e um carpinteiro, viram estes o tabaqueiro Delgado bater com uma espada na janela que dava para a rua na morada do adamado Doroteu Antunes, para que este a abrisse. Por tal janela que se abriu, ingressou o tabaqueiro, sendo que, após seu ingresso, de súbito apagou-se a candeia que lá havia.

Estranhando tal comportamento, foram lá às escuras e, por uma abertura da porta, puseram a orelha e aplicaram o sentido, e ouviram que estavam os dois em uma rede e discerniram a rede rugir e eles ofegarem como que estivessem no trabalho nefando. Ambos desapoiaram muito o que viram e perceberam, e foi deles que transpiraram murmurações e inconfidências dando que Delgado e Doroteu mantinham entre si amizade perversa.

De tanto modo que, certa feita, a índia Domingas, da tribo de São Vicente, que vendia cestos ao pé da Conceição da Praia, entrou em desagrados com a senhora Florência, que, tendo encomendado à índia que lhe trançasse seis cestos de palha de carnaúba, os rechaçou todos, por razões de que traziam nódoa e eram de parca qualidade.

Sentiu-se a índia muito prejudicada nesse rechaço e, além de amaldiçoar quem lhe havia feito tão grande desfeita, disse-lhe, tudo isso tendo a escrava Campina por testemunha, que o que traziam nódoas eram os fundilhos das ceroulas de seu marido, que andava amigado com o fanchono filho do marceneiro Antônio com a cantora puta.

E acrescentou que, se lhe interessasse saber o que o senhor fazia com o mulheril ator Doroteu, que fosse à casa junto à fonte São Francisco, onde sem dúvida assistiria a muita fanchonice. Sob os protestos de Campina, que a chamou chocalheira e intriguista, ripostou à negra que tudo o que ali dizia era a verdade que lhe haviam contado dois cristãos devotos muito vexados com os atos indecentes de Luiz Delgado e seu amante.

Florência não conseguiu conceber a realidade do que ouvira, mas a referida índia Domingas logrou deixar-lhe bem plantado um germe de dúvida. Campina, não admitindo a ninguém, pôs ouvidos às palavras de Domingas, mas não escândalo, porque muitos são os homens dados a essas vigarices, e tinha já visto muita somitigaria na terra de que provinha, sem que isso lhe parecesse ofensa a ninguém.

Campina e Florência não entraram em conversações sobre o assunto na ocasião em que se deu o ocorrido, mas, passada uma semana, num dia fresco de julho, não chegou Delgado para a ceia do almoço. Nessa particular ocasião, sentiu Florência muita angústia e dúvida e, como se seguisse as ordens dos anjos, quis dar exame na casa do ator Doroteu, ao sopé do convento franciscano, e pediu a Campina que a acompanhasse.

Chovera nos dias precedentes e acumulava-se lama nas estradas. Ainda assim, Florência insistiu que seguissem.

Ia ela no ombro de Cícero e Silvestre, metida em uma rede, à moda de uma serpentina. Campina os acompanhava caminhando descalça, com o barro do chão vazando-lhe por entre os dedos dos pés.

Ao se acercarem das imediações, pediu aos escravos que a deixassem baixar e que esperassem até que regressasse, porque, de ali ao seu destino, seguiriam ela e Campina por caminhada.

Não inteirou meia légua a distância que marcharam até chegarem à ladeira isolada em que residia o ator. Ao assomar-se a casa infamada pela índia, Florência teve palpitações e batimentos. Encostando-se às frestas da janela para perceber o que se passava no interior, ouviu e divisou o marido num catre, bombando sobre Doroteu, entre beijos, afagos e murmúrios gozosos.

Afastou-se com pressa e, durante esse dia, alegou que lhe doíam as têmporas e encerrou-se em sua alcova de dormir. Consta que, nessa particular data, preencheu ela dezoito páginas de papel dos bons com fabulações de seu imaginário, e que ficou nesse estado até perto de darem dez horas, que foi quando lhe acabou o azeite da candeia.

No tempo que se seguiu, para afastar maquinações do espírito, Florência debatia com a negra Campina sobre aquilo que os padres chamavam de pecado nefando e que, no entanto, para a negra, era mera manifestação da natureza. "É da natureza", dizia a escrava à senhora. E as palavras da negra sábia iam-se enraizando em Florência, que era mais do entendimento que dos mistérios da fé.

Florência nunca mencionara a Luiz Delgado as visões

que tivera por entre as frestas da casa na ladeira dos franciscanos. Teria vexame e, por essa razão, seguia dando olhos cegos para as retiradas de financiamento ao rapazola e fazendo ouvidos moucos às justificativas que dava Luiz Delgado para seu patrocínio e suas ausências.

Seguiu Florência sem comentar nada a Delgado durante todo o período da Quaresma. Punha-lhe preocupação, mas não lhe tinha ciúmes. Sentia as penas do marido-amigo. Mais que tudo, dava-lhe agonia vê-lo mentir e conjeturar desculpas para evitar párocos, missas e confissões.

Porém, num dia perto de quando lhe baixaria o sangue entre as pernas, em que apresentava fadiga e espírito inquieto, ceara borrego e tomara muito vinho do Reino, como se quisesse deliberadamente embriagar-se, tanto que se embriagou a ponto de que se lhe desautorizassem o senso e o juízo. Nessa ceia, Luiz Delgado bebera menos e procurara resguardar um pouco do discernimento.

Ao marido, despejou Florência palavras muito agudas de que sabia por que ele evitava os padres, que pecava na castidade com o moçoilo Doroteu, dando-lhe de morar e de vestir, com ele tendo ajuntamentos escandalosos, e que já na Conceição da Praia se comentavam esses escândalos e que, de prevalecer esse arranjo devassado, iria ele bem logo ter com as autoridades da Igreja e do Reino, porque não se admitem essas práticas nesta cidade — mas em outras cidades, sim.

E contara a Delgado que a negra Campina lhe relatara que, na nação dos Quimbanda, e também na dos Manicongo e dos Azande, a somitigaria não era crime nem pecado, sendo ofício de curandeiro e médico — mas não aqui.

Nem a mulher nem o marido ventilariam tal assunto até que se prejudicassem pelo álcool novamente, porque era só quando bebiam que tinham valor para falar do tema.

Outra feita, depois de um assado de tatu, em que resolveram baixar a carne às tripas com um cálice grande de aguardente do engenho da Piramba, repetido por vontade, foi que se sentiram desobrigados e soltaram a língua.

Florência lhe afirmou, referindo-se uma vez mais à escrava Campina, que de ser fanchono ninguém é culpado e que, se houvesse culpado, era Deus, que havia posto no vaso traseiro dos ditos infelizes vontades de mulher e, portanto, maior inclinação a homens que a mulheres, mas que, da dita inclinação, por particular e legítima, não resultava mal algum ao mundo.

Inebriado, alegou Luiz Delgado, entre atônito e divertido diante da mulher, que sempre fora muito prejudicado dos miolos, e em Portugal ainda mais, e que pelas luas crescentes perdia o tino e o juízo e cometia muitas doidices fora de sua razão.

Disse que acreditara estar curado de tal enfermidade quando chegou ao Brasil e quando arranjaram o casamento. Mas que, de tempos para cá, observara uma recaída, quebrando seu voto de castidade e cometendo o nefando quantas vezes estivesse com acidente de lua. Disse-lhe também que se agradava de ditas vertigens, que delas derivava prazer e transcendência e que ao rapazola Doroteu devotava verdadeira e incomensurável afeição.

E, depois de tantas confissões de indecência, pôs-se Luiz Delgado em pranto forte a ponto de os soluços interromperem-lhe o fôlego. Confessou-se danado por todos os santos, mas à mercê dessa doida danação, e que preferia perder a vida para a peçonha ou para a ponta de uma flecha a viver privado da relação perversa que tinha com Doroteu, porque aí, tampouco teria vida.

Uma novena passada dessa vexaminosa conversa, Florência avistou Doroteu Antunes em trâmites na rua atrás da Sé. Vinha o mancebo trajando muito formoso, com uma camisa de mangas bufantes cujos punhos e gola eram atados com fitas de seda de cor. Nos pés vinha calçado de botas de botão feitas de bom couro de veado.

E foi dessa visão do moçoilo ricamente vestido que lhe veio a sugestão que, de ali alguns dias, ofereceria a seu marido.

XI. De como sobre esta terra há de viver o mais forte e dos artifícios de que se utilizam os fracos para defender-se desse destino

O Missionário dos Jesuítas acusara às autoridades eclesiais do Reino que naquela Capitania da Bahia grassava um novo tipo de peste, nunca vista nem entendida dos médicos. Tal nova peste conseguia mais vítimas entre os brancos, inadaptados ao clima, mas não apenas, acometendo também os negros e os tapuias. Contavam-se os mortos pelos doentes. Em poucos meses da infestação, pereceram do mal cinco desembargadores, o tenente-general, o capelão do governador, bem como o próprio arcebispo d. João Madre de Deus.

Como que para curtir o couro desses mortos que se encontravam pelos caminhos da capitania, nosso Senhor Jesus Cristo castigou sem clemência a Bahia com dois anos de sol, não mandando para lá qualquer gota de chuva, para que as plantas só pudessem crescer com as lágrimas vertidas pelo povo de lá.

Os efeitos de tais pragas deixavam a população muito apreensiva acerca de quais pecados horríveis teriam sido cometidos naquela capitania para que o Senhor Pai Todo Poderoso a castigasse e a seu povo com tamanha devastação. Missas, procissões e novenas implorando misericórdia dos santos pululavam pela cidade.

Nas igrejas, acusavam pecadores de despertar a ira divina e da propagação da peste, e os padres maldiziam os excessos tenebrosos das festividades daquela Bahia, onde o som das violas se confundia com os tambores, e onde as danças licenciosas de sarambe misturam monges, índios, negros, nobres e mulheres.

A casa e a loja de Luiz Delgado não passaram incólumes àquela peste. No dia de Santa Inês, os escravos Cícero e Cosme despertaram com quebranto. Nesse dia mesmo, observaram calor tépido nas faces. No dia seguinte, amanheceram com o pulso silenciado e muitos delírios e ânsias. Pela noite, sofreram de grandes febres e, à aurora, finalmente, pereceram, um em seguida ao outro, lançando ambos muito sangue pela boca.

A escravaria se resumia agora a Campina, Silvestre, Ermínia e a menina Esmeralda, naqueles tempos a única fonte de alegria na habitação. O foro comercial de Luiz Delgado se ressentira muito desse flagelo e da carência de braços para dar atendimento apropriado às necessidades que se apresentavam cotidianamente aos negócios, que sangrava recursos. Na mesma semana em que se sepultaram Cícero e Cosme, os macacos Chinfrim e Pitu também desmilinguiram e morreram. Foram encontrados duros, no chão, abraçados, prontos para feder.

A promessa da nau *Santa Marta*, que aportaria na capital com negros de Angola, não se cumpriu, uma vez que os trouxera imprestáveis, todos com bexiga, com o corpo coberto de bolhas de sangue viciado, que os consumiria até a morte, assim que não se encontravam mais braços no mercado negreiro da cidade de Salvador.

Por consequência, Florência cogitara que buscassem negros de aluguel, tendo concertado tais termos com Luiz Delgado, sendo que tal aluguel onerava muito os custos do negócio, além das tais despesas indigestas com o moçoilo Doroteu, que, por mais de uma razão, deixavam Florência inquietada e vigilante.

Na primeira semana do ano, quando já não se tinha vinho pelo atraso da frota, sucederam-se dois acontecimentos dignos de nota: juntou-se aos mortos da maldita peste o próprio governador-geral e, mais importante para os destinos desta história, tomou posse o novo arcebispo d. Frei Manuel da Ressurreição, muito severo e estrito na luta contra o pecado dos habitantes da Bahia.

Nas primeiras missas da Sé, às quais compareceu Florência, informou do púlpito o bispo celebrante, o próprio d. Frei Manuel da Ressurreição, que, como consolo por tanto flagelo, encomendara-se uma visita pastoral do Santo Ofício à capital da Terra de Santa Cruz, com o objetivo de que se pudessem identificar e severamente sancionar as blasfêmias e os desvios heréticos responsáveis por peste tão traiçoeira e mortífera.

Tais prédicas eram repetidas em toda a cidade por párocos menores, que mencionavam expressamente os atos judaizantes dos cristãos-novos, que acendiam velas aos sábados e faziam o jejum de Moisés e Ester, e as práticas dos cidadãos de Sodoma, que criavam tragédia onde quer que se realizassem. Ao ouvir tais palavras pronunciadas com tanta determinação, dava-lhe medo de que o marido, em sua amizade perversa com Doroteu, pudesse suscitar atenção.

Desde que em amizade se associara com o ator, murmurava-se dessa fama de sodomita de Luiz Delgado. Pelo temor de que se infamara mais, e porque naqueles tempos de crise queria eliminar os custos da casa na ladeira dos franciscanos, num dia de maio, após a ceia, às portas da embriaguez mas ainda segurando a consciência, cogitou Florência com Delgado que Doroteu viesse morar portas adentro na rua dos negócios, dividindo sua alcova de varão e ajudando no domínio doméstico no que fosse possível, como fizera o malfadado cadete Miguel.

A Delgado tal proposta causou muita vergonha, tanto que, de chofre, a recusou. Mas ponderou Florência que, de fato, andava muito o marido com o outro e que se punha molesto no dia em que não conseguia comunicar com o amigo na ladeira dos franciscanos. Asseverou a mais que, portas adentro, detrás de treliças e gelosias, espantaria suposições e reduziria a exposição e o vexame do que os párocos e quase toda a gente encontravam ser pecado repugnante e mortal.

Diante de tais argumentos, Delgado viu razão e, no dia seguinte mesmo, propôs a mudança a Doroteu, que, não tendo outra forma de sustento e pela afeição profunda que ao tabaqueiro devotava, assentiu ao arranjo, ainda que, por jovem e inconsequente, não lhe preocupassem o vexame e as suposições. Tampouco assumiu comportamento de vexame diante de Florência quando se mudou para a casa. Desde sempre falavam um à outra por tu e vós, e se iam de modo que não se notava a desigualdade que entre os dois existia.

Doroteu cuidava do bem-estar cotidiano dos que viviam na habitação. Por razões de privacidade e também para economia de recursos, ficava a seu cargo grande parte do trabalho mulheril: asseio e limpeza de casa, preparação de alimentos, o comando das escravas. Ordenhava as cabras e também sabia coser e fiar, quando necessário. Arranjou para cada alcova almofadas de lanugem, e, para a escravaria, travesseiros recheados de chumaça.

O negócio e a casa fechavam para almoço por volta das onze ou doze horas, e não se recebia ninguém durante esse recesso. As negras socavam o milho e preparavam a mandioca. Doroteu pastorava as panelas e arranjava a comida nas porcelanas das Índias que compraram de viajantes que as traziam nas bagagens.

Comiam sob forma de bolos e beijus, sopas e angus, com mandioca misturada ao feijão e às carnes. Doroteu também assava pão com a farinha de milho, cozinhava arroz silvestre e utilizava doce de rapadura onde achava que aprouvesse. Para evitar mosquitos, nunca esquecia a defumação da casa ao anoitecer, fechando todas as janelas e pedindo a Campina que entrasse com o fumeiro para espantar os bichos.

Para o descontentamento velado de Florência, o ator trazia dinheiro de Luiz Delgado e as chaves da casa na mão, dispondo deles como lhe parecesse. O estanqueiro chamava o ator de meu bem. Também notara a mulher que Doroteu usava no dedo anular da mão esquerda um anel de ouro, ofertado por Delgado para marcar seu compromisso amoroso.

Luiz Delgado nunca dedilhara na viola tantas pavanas e sarabandas quanto no tempo em que, com Florência e Doroteu, compartilhava vivenda na rua dos negócios. Nunca, tampouco, se fumou tanto do petum da loja e se bebeu tanta aguardente de engenho, e estavam os dois varões tão satisfeitos no pecado contra a natureza que parecia que já não se incomodavam de que os tivessem nessa conta.

O casal Ermínia e Silvestre mais a velha Campina intuíam o que acontecia no arranjo doméstico entre Delgado e Doroteu. As escravas lavavam-lhes as roupas no chafariz e, pelas marcas que viam, sabiam que ambos praticavam somitigarias. No entanto, não punham culpa aos somitigos.

XII. De como Luiz Delgado e Doroteu perdem o juízo, mas Florência, não

Delgado fazia todas as vontades de Doroteu e algumas pessoas tinham ruins presunções de tanta amizade. No início, à pouca gente que reparasse no caso que do moço se fazia na casa da rua dos negócios, Luiz Delgado se desculpava dizendo que aquela estimação era por ser o rapazola seu sobrinho e não ter a mais ninguém com quem contar. O tabaqueiro preferia ignorar o que havia muito ecoava nos serviços litúrgicos daquela cidade sitiada pela tragédia: que a sodomia provocava tanto a ira de Deus que por ela vinham tempestades, terremotos, pestes e fomes, e que por tal pecado lançara Deus o dilúvio sobre a terra e subvertera as cidades de Sodoma e Gomorra, e fora destruída a Ordem dos Templários por toda a Cristandade em um dia. E que, portanto, todo homem que tal ofensa cometer, por qualquer guisa que ser possa, deve ser queimado e feito pelo fogo em pó, para que nunca de seu corpo ou sepultura seja ouvida memória.

A Florência dava muito terror que a Delgado e Doroteu se cumprisse tal maldição, porque a amizade que professavam entre si era o que mais se condenava naquela cidade. E lhe dava mais terror ainda que os dois não pusessem qualquer preocupação em que os vissem juntos e os interpretassem, porque era como se quisessem exibir seus carinhos e suas palavras namoradas a toda Salvador, e como se do nefando tivessem orgulho.

Tal descaramento entre Delgado e Doroteu andava às soltas. Comportava-se esse como se fosse solteiro e não pelejassem ele e Florência juntos no mesmo ofício. Da lealdade que lhe prometera como companheiro quando da partida eterna de Adamastor, pouco se via; acerca dos votos morais que os uniram, quase nada se falava.

Passaram os dois varões a habitar um mundo só deles, em que não havia espaço para Florência. Deixaram de enxergá-la. Já não se preocupavam nem consigo nem com o fato de que às mulheres dos danados sodomitas também coubesse sanção. E nisso era como se ela não existisse e sua vida não merecesse cuidado.

Contra os protestos veementes da mulher, Delgado insistia em trazer debaixo de um guarda-sol oriental, com toda grandeza, à custa das rendas da loja, seu moço Doroteu, passeando ombro a ombro pela cidade com o dito rapaz vestido de tecidos da Europa. Com quase um ano desse acerto e de não poucos acintes públicos, Florência concluiu que aquele escândalo atingira perigosas proporções.

Fazia pouco, a capitania recebera aprovação real para instituir São Francisco Xavier, que morrera de peste, como novo patrono da cidade, e o novo bispo prometera medidas espirituais de proteção contra as ofensas que originavam o sofrimento da gente daquele lugar, entre elas uma visita pastoral.

Na temporada da entronização do novo patrono, realizaram-se faustosas e devotas procissões e novenas suplicando o fim dos castigos divinos sobre a Bahia, e foi na festa de apresentação dos votos das freiras, que a Florência se lhe atinou uma possibilidade de vida outra da que fizera com Delgado, mas que não faria mais.

Para esse fim, daquele dia em diante, logo em seguida a que se encerrasse a ceia da noite, retirava-se para sua alcova. Usava o papel comprado na botica do veneziano Gaspar e inventariava com minúcia todos os bens terrenos de sua propriedade. Dias disso, com tudo contado e anotado, resolvera que alforriaria os escravos, dando a cada um a soma de 200$00 réis para que dessem seguimento viável à vida. Em sequência, faria confissão aos párocos da farsa de seu casamento, para a qual imploraria absolvição. "Emendemos nossos erros que Deus porá termo aos males", era o que sempre dizia seu confessor.

De não o fazer, se indiciado e inscrito Luiz Delgado no livro do nefando durante a tal visita pastoral, presunção seria que todos os bens que ela recebera como legado de seu finado padrinho a Delgado, por casamento, também pertenceriam, sendo confiscados pela Santa Igreja. A herança substituta que lhe legaria um marido sodomita era a infâmia e a miséria. E, de tal grande risco contra ela, parecia ele sequer fazer caso.

Suplicaria ao pároco na Matriz da Nossa Senhora do Desterro que lhe emprestasse os ouvidos e a misericórdia de Nosso Senhor Jesus Cristo, para confessar que com Luiz Delgado nunca se casara perante os santos nem fizera vida de cama com o dito cujo, e que viviam portas adentro, dormindo cada qual em sua alcova, como se irmãos fossem, sem nunca atentar contra a castidade um do outro, tanto que sempre se mantivera ela pura e honrada, e ainda hoje se mantinha assim.

Arrependia-se muito das ofensas que contra Deus cometera e encararia com humildade e alegria as penitências que merecesse, tanto que destinava todo o patrimônio que amealhara, por herança e por lavor, ao benefício e à glória do mosteiro de Santa Clara, e que lá, Deus consentindo, se internaria para uma vida conventual, contemplativa, muito superior à marital.

Instada pelo confessor a descrever, de ali a sete dias, quais e quantos bens integravam seu cabedal, informou que tinha em propriedade residência e estabelecimento comercial contíguos em casa dupla de taipa caiada na rua dos negócios, tudo o que para seu funcionamento doméstico era necessário, incluindo púcaros e colheres de prata, garfos e facas, quatro copos de estanho, quatro peças de porcelana das Índias, mobiliário, um anel e um cordão de ouro, dois pares de brincos, dois carros, dois bois, quatro cabras, uma roda de ralar mandioca com todo o provimento de fazer farinha, mais novecentas braças de terra na freguesia de Nossa Senhora do Desterro.

Omitiu desse cabedal os escravos que alforriara, bem

como os recursos equivalentes a dois anos de sua renda, que entregara como prevenção ao marido, antes de que partissem ele, o moçoilo Doroteu, mais um mameluco de aluguel de nome Nunes, para o sertão com o fito de abrigar-se da possível sanha do bispo e do visitador contra os seres sodomitas. Consultada pelo padre sobre o paradeiro de Luiz Delgado, Florência disse desconhecer tal destinação, uma vez que, prestes a que se iniciara o mês corrente, partira para os lados de Jacuípe a fim de desembaraçar tabacos dificultados numa fábrica, não tendo de lá retornado nem mandado notícias desde então, e, nessas considerações, pôde sentir o confessor certo embargamento na voz da confessante.

XIII. De como a virtude persegue o pecado
onde quer que este se instale

Ainda havia neste ano de 1687 peste em demasia, e a seca que queimava tudo estava por onde quer que se olhasse. Com o fito de dar trégua a esses tormentos, identificando as ofensas contra Deus que os causavam, Frei Inácio da Purificação, carmelita da Bahia, fizera denúncia ao Santo Ofício de uma série de delitos contrários à Fé amiúde observados na capital da capitania. Em consequência, por aviso do bispado, foi dada a notícia por toda a capital de que uma visita pastoral do Santo Ofício se realizaria no abençoado ano seguinte.

Com a confirmação da data da visita, publicou-se um Edital da Fé que inauguraria um período de graça de ali a dois meses, com a convocação pela Santa Igreja de todos os fiéis para que naquela capitania confessassem suas próprias culpas atinentes ao Santo Ofício, bem como delatassem as culpas de outrem, concedendo-lhes para isso quarenta dias corridos.

Tendo caído na certeza de que sim se realizaria a visita, Luiz Delgado bem supôs que seria denunciado por somitigo durante o cumprimento da tal missão pastoral, por andar bem pública na vista das gentes sua amizade com Doroteu. Para evitar inconveniências com a lei da Igreja, melhor seria sair às pressas e escapar dos rumores causados por sua vida extravagante.

Primeiro, pensara em fugir com seu amante para Pernambuco, mas, depois, resolveram fixar-se no sertão da Bahia e retiraram-se primeiro para a Freguesia de Inhambupe, a cinquenta léguas de Salvador. Quando julgou que descansaram os rumores sem notícia de que o queriam preso, preferiu fugir para lugar mais próximo, e foram para a Freguesia de Santo Amaro da Ipitanga, ficando recolhidos no sítio Jacumirim, em uma casa de bugre, feita por serviço do mameluco de auxílio Nunes e de dois negros de aluguel que Delgado engajara no povoado mesmo.

Nas redondezas da freguesia em que se acoitaram, os rumores infamantes não haviam chegado ainda. Os vizinhos mais próximos do referido sítio residiam a meia hora de caminho a pé, e, pelo tal sítio Jacumirim, que era propriedade dos jesuítas, Luiz Delgado acertou que pagaria 20$000 de foro por ano.

Tinha a intenção de iniciar, com os recursos que lhe destinara Florência, um comércio de fumo e artigos pelas cercanias e fazendas de Santo Amaro, para que a gente de lá não tivesse que ir a Salvador para comprar uma ou outra coisa de que carecesse.

No Jacumirim viviam bem enamorados. Delgado chamava Doroteu de meu filho, meu mano, meu amor. Recebiam provimentos, mas alguns dias passavam com o que davam a espingarda e as arapucas. Serviam-se no mesmo prato, e Delgado não comia bocado que não oferecesse a Doroteu. O mameluco Nunes, que os acompanhava para serviço, relatou a posteriori que sempre os vira dormirem juntos, na rede, na cama ou no chão, e que vira o moçoilo costurar as ceroulas do mais velho com suas próprias mãos.

Quando se cumpriram dezenove semanas na Freguesia de Santo Amaro, Delgado encarregou a Nunes de informar--se sobre como estava o clima na capital, indo até lá. Pela boca de Campina, o mameluco soubera que a senhora Florência, desde o dia da festa da Candelária, em dois de fevereiro, se encontrava recolhida no convento das monjas clarissas, para não mais sair. Antes, dera carta de alforria e segurança de dinheiro a seus escravos e devotara tudo o que de terreno possuíra para a edificação da casa de Santa Clara, salvo um baú de papéis que pedira para levar consigo ao convento.

Também se inteirara pela escrava de que os padres portugueses da visita pastoral haviam indiciado um fanchono de nome Jerônimo, negro infamado por alcovitar somitigaria lá para os lados da Japaratuba, e que os três negros forros da casa, Campina, Ermínia e Silvestre, mais sua cria Esmeralda, pretendiam arribar juntos para a Capitania de Pernambuco, em busca de oportunidades.

O que não lhe contara o mameluco, porque disso não soubera ainda nem ele nem Campina, era que, entre os pecados identificados pela visitação naquela cidade, encontravam-se oitenta blasfêmias, sessenta e cinco práticas judaicas,

125

sessenta e sete proposições heréticas, vinte e quatro desacatos à religião, trinta e cinco bigamias, dezenove sodomias, catorze práticas luteranas e onze feitiçarias.

Tampouco soubera ou contara que, depois de que partiram os dois amantes para o sertão sem de lá mandar notícia, o senhor pai de Doroteu Antunes muito se contrariou com a ausência do filho da cidade e viu por bem dar queixa e pedir diligências junto ao ouvidor-geral para que lhe indicasse o paradeiro do filho abduzido, sendo que antes não lhe notava ou valorizava a presença.

E, pelas mesmas razões de desconhecimento, o mameluco não contara que, nas denúncias recebidas na visita pastoral realizada pelos familiares e comissários do Santo Ofício contra hereges e praticantes de desvios, houvera mais de uma dezena de pessoas que indicassem Luiz Delgado, tabaqueiro com loja posta na rua dos negócios, como sodomita contumaz.

Delataram testemunhas que era assaz devasso e tivera contatos desonestos com muitos, que pegava pela braguilha, abraçava e beijava homens e rapazes, que pecava na sensualidade torpe com estudantes, sendo nisso sempre autor e provocador, tendo ajuntamento com os membros viris de modo a efetuar poluição com as mãos. Desvelaram que dera um anel a um negro de vulgo Beicinho para que lhe mamasse as partes atrás das trincheiras de São Bento e que prometera e pagara dois vinténs ao negro Diogo para que consentisse fazer-se mulher sobre umas relvas nas cercanias do dique do Tororó.

Mais que tanto, revelaram as ditas testemunhas que

andava amigado com um garoto a quem botara casa na ladeira dos franciscanos e agora mantinha portas adentro, pagando-lhe vestimenta, calçado e comida sem terem parentesco e sem ter-lhe o moçoilo préstimo honesto ou serviço algum que fosse.

Pela afeição que por ele tinha, disseram, andava ombro a ombro consigo, e trazia seu rapaz com roupas de muitos luzimentos, com chapéu de plumas e leque de tafetá pelas ruas de Salvador, contra a distinção que usam os amos para com os criados e os machos para com as fêmeas.

Também notaram que eram dados a comer carne todos os dias, mesmo na Quaresma, o que provocava muito escândalo e mau exemplo.

Para atalhar as perniciosas consequências que do seguimento de tais vícios e hábitos resultavam, e por temor de que os domínios de ultramar se convertessem em Sodomas e acabassem destruídos pela ira divina, o procurador fiscal da Bahia recomendava que fossem ambos severamente castigados.

Daí, determinou o ouvidor a prisão do sujeito Luiz Delgado para averiguação dos comentários contra ele levantados e, logo no início de suas diligências, tomara ciência de que o tal Luiz Delgado se ausentara para o sertão para não tratar com o bispo sobre essa matéria, carregando consigo pertences e rolos de fumo e o moçoilo Doroteu Antunes, cujo pai o infamara.

Era tão notória em Salvador a vida desonesta que os amantes levavam, que o próprio arcebispo da Bahia confidenciara a um irmão de ordem que o visitava a caminho da vigaria de Sergipe que, logo que baixara nesta Terra de

Santa Cruz e nesta Igreja, começou a perceber rumores de grande escândalo a envolver um homem de graça Luiz Delgado, originário de Évora, estabelecido no trato de tabaco, dizendo que era muito devasso no vício nefando. E que, ao apurar o fundamento, achou que não era gratuito e que a infâmia era antiga e que se ausentara para o sertão com um moçoilo mulheril para ali viverem em escândalo e perpetrarem a destruição daquela capitania pelo pecado.

Foi o proprietário do Engenho Carnijo, na Freguesia de Santo Amaro, cristão devoto e muito inimigo do Demônio e de suas obras, quem conhecia e dera o paradeiro de Luiz Delgado e Doroteu no Jacumirim às autoridades eclesiais da cidade. O próprio bispo Dom Manuel da Ressurreição, que por obra da Santa Igreja detinha poderes judiciais contra os sodomitas, foi quem ordenou por carta ao vigário de Santo Amaro de Ipitanga, padre Antônio Filgueira, que efetuasse a prisão dos sodomitas. A data era 5 de fevereiro do ano da graça de 1689.

Foi com esse mandado que o vigário, acompanhado de um sargento-mor, dois proprietários da Freguesia de Santo Amaro e dois escravos, saiu a cavalo às sete da noite em direção ao sítio onde moravam os infamados, a oito léguas da Matriz, chegando na localidade por volta das seis da manhã. Tencionaram arribar ainda com estrelas no céu, para surpreendê-los na cama como macho e fêmea.

Dos amantes não houve reação além de um grito assustado e do choro de Doroteu quando cercaram a casa e lhes deram voz de prisão. Algemaram os amantes com cadeados de suplício, impedindo a partir daí que trocassem palavras entre si. Amarrados com uma corda no pescoço, foram caminhando até a casa do vigário de Ipitanga, atrás da montaria de seus algozes.

De aí, caminharam mais quinze léguas até Salvador. Pela rota, notava quem os acompanhava que Luiz Delgado condoía-se muito de Doroteu, dando mostras de que mais sofria pelas penas do moçoilo que pelas suas próprias. Rogou para serem algemados juntos, sendo seu pleito recusado. Quando pedia água para si, primeiro a dava ao moço para que saciara ele sua sede. Ao atravessarem o rio Joanes, quase sem água por maldade da seca, Delgado carregara ele as sandálias de Doroteu, e tal atenção constante e devotada com que tratava seu rapazola escandalizou muito o sacerdote que com eles seguia.

No dia da festa de São Romualdo, chegaram à Bahia de sua caminhada. Por determinação do arcebispo, cada sodomita foi enviado para a cela forte de um convento: Doroteu foi internado no convento de São Francisco, adjunto ao Terreiro de Jesus, não muito longe do local onde tivera alugada sua casinha.

Luiz Delgado foi para o alto do morro além do Pelourinho, numa das muralhas velhas da cidade, no Convento do Carmo, nas cercanias de onde pusera seus olhos azuis sobre Doroteu pela primeira vez.

Contra eles foram ouvidas dezenove testemunhas que, sob juramento solene, com as mãos sobre os Evangelhos, comprometeram-se a dizer apenas a verdade e a guardar segredo de todo o inquérito, que transcorreu por cinquenta e um dias completos.

Sobre o mais sagrado dos livros, alegou Luiz Delgado que agia desnorteado pelo Diabo, que lhe agarrara os sentidos. Disse que nos seus ajuntamentos perversos com Doroteu exercia ofício de macho, mas nunca chegara a derramar semente de homem no interior do vaso natural de Doroteu porque lhe dava o coração uma pancada, de sorte que lhe causava horror a dita culpa e com o tempo e a disciplina se lhe dissipara tal tentação.

Explicou que lia pouco, mas sabia assinar seu nome, nunca tendo sido crismado. Confessou que com as mulheres não matava seu apetite ainda que comunicasse com quantas houvesse no mundo, e que vivia portas adentro com a órfã Florência, a pedido de seu falecido padrinho Adamastor Beirão, que o queria como gerente dos negócios que deixara, mas que não tinham conúbio ou matrimônio, nem nunca tiveram, sendo que a tal dita senhora se mantivera sempre honrada e intacta, como seguia hoje.

Doroteu, a seus inquisidores, pedia muita misericórdia e creditava todos os seus atos licenciosos e torpes ao Cão Malévolo. Disse que certa feita na qual não se encontrava Delgado no Jacumirim, duas ou três semanas antes, recebera no sítio o superior dos jesuítas, Antônio Vieira, que passava pela Freguesia e em seu caminho pedira água.

Contou que, servindo a moringa d'água ao clérigo, sentiu o coração pesado, tanto que se quis confessar àquela paternidade, como o fez, contando de sua amizade desonesta com o tabaqueiro Delgado. O padre tomou sua confissão, repreendendo-o asperamente por sua nefanda mancebia e urgindo que prometesse, de corpo e alma, toda sua devoção renovada ao Cristo. Contou ainda que já trilhava na senda da virtude e do arrependimento quando lhe sobreviera a prisão.

Até começar o mês de julho estiveram os dois amantes detidos naqueles cárceres conventuais, detrás de celas gradeadas, como nos aljubes civis. O arcebispo d. Manuel da Ressurreição, muito convicto das devidas culpas e das consequências do nefando sobre as tragédias que enlutavam a Bahia, oficiou à Inquisição de Portugal sobre a detenção dos sodomitas, informando que remeteria os infamados para Lisboa, mesmo sem ter chegado a ordem feita do Santo Ofício à Terra de Santa Cruz, dadas a gravidade dos pecados e a longa demora das embarcações. E assim cumpriu.

XIV. De como a juventude é mais virtuosa e mais admirada pelas gentes

Após dois meses e meio de indiciamento, foram Doroteu e Delgado entregues às ordens de dois capitães de mar-e--guerra das Naus da Índia, encarregados de depositá-los no Tribunal da Fé em Lisboa. Tomariam naus separadas, para não arriscar contaminação sodomítica da tripulação nem atiçar a ira divina contra a segurança das embarcações durante a travessia em direção a Portugal. Luiz Delgado e Doroteu conservavam pesadas algemas e seguiram nas naus *Santa Sinforosa* e *Santa Tereza*, cuja frota deixara a Baía de Todos os Santos no dia 18 de julho de 1689, Festa de São Frederico.

Em exemplo ao que se passou com Doroteu a bordo da *Santa Tereza*, na *Santa Sinforosa* Luiz Delgado foi trancafiado em espaço exíguo forrado de palha úmida. Carregava pouco mantimento de farinha, carne de cobra e algo de peixe, uma vez que o cartório fiscal da Inquisição registrara seu inventário consistindo do pouco que deixara no

Jacumirim mais dez mil réis de uns couros que vendera a terceiros, não havendo bens suficientes para cobrir as despesas de cárcere e viagem.

Desde que fora preso, ninguém jamais falara com ele que não fosse para insultá-lo. Naquela nau, teve a desdita de que houvessem tornado pública a infame razão pela qual estava sendo remetido preso para o Reino. Depois disso, todos, tripulação e viajantes, vinham sempre fazendo zombaria dele, dando-lhe tapas e pancadas, puxando-lhe pelas barbas e cabelos, arrastando-o pelo chão, urinando e cagando sobre o forro de sua cela.

Atravessou aqueles mares sofrendo todo tipo de privações e humilhações. Os marujos, mas não apenas, desenfadavam-se da viagem atormentando o pobre sodomita. De qualquer infortúnio que houvesse na navegação era ele o causador. Era culpado pelas calmarias sem vento e pelas tempestades de raios, pelas doenças e pelas mortes. Ameaçaram mesmo lançá-lo ao mar, como se fez com Jonas, profeta menor, em sua fuga do Senhor. Para defender-se do pior tratamento que jamais se viu, atracou-se com um marujo de Goa, pelo qual o tiveram preso com um grilhão na arca da bomba por quinze dias.

Numa manhã, ao longe, viu aproximar-se Lisboa, a primeira cidade que o degredara, e a visão que agora tinha dela seguia a mesma que mantivera na memória.

Já ancorados, quando esperavam no passadiço por barcas para cruzar à terra, pôs a vista e enxergou ao longe, noutra fila, a figura de Doroteu, cabisbaixo, em túnica muito encardida. Doroteu não vislumbrou a figura de Delgado porque não a queria buscar. Tampouco perceberia sua voz, porque aos indiciados era proibido falar e disso não lhe dava ânimo. Para ele era como se Delgado não estivesse ali, como se nunca tivesse estado, e não lhe daria mais espaço nem nos olhos nem no coração.

Desembarcaram em Lisboa no dia em que se inaugurou o mês de outubro, no ano da graça de 1689, quando era inquisidor geral d. Veríssimo de Lencastre, cardeal e arcebispo primaz de Braga. Foram os dois mandados em correntes para detenção no Cárcere da Penitência.

No ínterim, os inquisidores do Santo Ofício debruçavam-se sobre o sumário de culpas enviado de Salvador para avaliar o mérito das acusações e do processo que lhes imputavam.

Nessa contingência, ficaram os dois sodomitas em celas pegadas, e, se um estendesse a mão por fora quando ninguém cuidava, poderia tocar a mão do outro e com isso obter conforto de alma e de coração. Mas nenhum procurou nem a mão nem os olhos do outro pelos quatro dias nos quais tal conforto lhes teria sido possível.

No quinto dia, a mesa inquisitorial declarou encontrar mérito na acusação vinda de Salvador de que viviam os dois portas adentro como marido e mulher, com geral e público escândalo, e houve por bem transferi-los para os cárceres secretos da Inquisição, para nunca mais se verem.

Naqueles cárceres os indiciados não distinguiam nem a luz do sol nem o clarão da lua. Dormiam num espaço lúgubre, sobre palha magra contra uma parede de pedra da qual minava umidade fria. Vazavam as tripas e vertiam urina onde lhes fosse possível, pois não havia na cela cântaro que se destinasse a imundícies.

No final daquele mesmo mês de outubro que os viu chegar, no dia da Festa do Arcanjo Rafael, Doroteu foi convocado para uma primeira sessão perante os membros do Santo Ofício com o fim de ser inquirido sobre suas devidas culpas.

Chegou diante dos inquisidores com vexame, que se lhe notava por ter os olhos pregados ao chão e pelo movimento curto do corpo. De joelhos, prostrado, perguntado por seus pecados, disse primeiro que sob o teto de seu pai Antônio Antunes sempre levara vida muito casta e religiosa, pelejando ofícios em autos de catequese, até que sobreviera Delgado, sob forma de Demônio, ao Auto de Natal encenado perto do Carmo, e que, nesta oportunidade mesma, percebera Belzebu nos olhos azuis do tabaqueiro, mas não completara ainda dezesseis anos e era débil, de modo que não conseguira resistir ao jugo malévolo daquele Diabo.

Acrescentou que o tabaqueiro prometera ajudá-lo fazendo-o frade na Bahia, sua maior vontade, e dando-lhe 20$000 a cada ano em casa, roupa e comida, como ajutório. Que, com a crise das bexigas, lhe pedira para mudar-se portas adentro para a casa na rua dos negócios, como forma de baratear a ajuda. Que na casa dividiam a alcova, na qual havia apenas uma cama e, por isso, dormiam juntos, resultando daí molícies e atos lascivos. Acrescentou que, em sua confissão pascal, já dera arrependimento a essas ofensas, mas que lhe regressara o Diabo, forte, recaindo ele em desnorteio e tentação. Que por muitos meses seguidos repetiram esses atos lascivos, e que a estes atos precediam carícias, beijos e afagos e todas as demais circunstâncias desencaminhadoras da natureza. Que sempre fora o corrompido e nunca o agente com Luiz Delgado, a quem deixava que lhe penetrasse o sesso com seu membro, sem nunca consentir que lhe despejasse semente dentro, por entender o somitgo que, derramando fora, diminuiria a gravidade da culpa. Que se arrependera, confessara e prometera ao jesuíta Antônio Vieira abandonar a vida errada que levara e que, quando justamente planejava ausentar-se deste nefasto conúbio, ocorrera sua prisão.

Houve mais três sessões de Doroteu com seus santos inquisidores. A cada uma, Doroteu parecia mais compungido e consumido pela culpa e arrependimento. Afirmara que se deixara penetrar por Delgado, mas que nunca tomara a iniciativa desses atos, sendo sempre seduzido pela força do Malévolo. Que a única iniciativa que tomava era instar Luiz Delgado a que não deixasse dentro de seu vaso penetrado semente de homem, como de fato nunca deixou.

Persuadida do arrependimento de Doroteu, a mesa inquisitorial levou em consideração que o sumário realizado na Bahia contra ele não consubstanciava a culpa formal de sodomia perfeita, pois só havia fama pública e murmuração, não tendo nenhuma das testemunhas presenciado cópulas anais com a emissão de esperma no sesso do moçoilo, e que este jurara sobre as sagradas escrituras que as penetrações que sofrera não redundaram em derramamento de semente, o que descaracterizava tal acusação de sodomia.

Atenderam que era menor de idade e encontraram que não houvera malícia de sua parte, senão sedução perversa, e que, malgrado as repetidas penetrações que sofrera, nunca tivera ele intenção desonesta nessa ofensa, sendo ele antes apenas relativamente culpado, porque o mais culpado é sempre o ativo, dada sua condição de penetrante, e sendo dessa opinião diversos doutores, recomendava-se que os que no pecado nefando tiveram ofício paciente fossem punidos com menor rigor, ainda que efetivamente consumassem tais atos lascivos.

Era jovem e tinha a possibilidade de emenda, julgavam. Recebeu por isso Doroteu Antunes castigo pouco severo. Não foi torturado nem teve disciplina. Um inquisidor quis que partisse em degredo para Angola por dez anos; outro, para Elvas por cinco anos, e o degredo que recebeu foi para o Algarve, em Castro Mearim, por três anos de penas espirituais e recolhimentos.

Depois de lida sua sentença, no mês de junho do ano seguinte, Doroteu Antunes firmou um termo de segredo e comprometeu-se de boa-fé a jamais revelar o que quer que tivesse visto, ouvido ou falado nos santos cárceres da Inquisição.

Nos cárceres do Rossio, a sorte foi muito cruel a Luiz Delgado. Logo de seu ingresso e averiguação, localizaram nos arquivos do Santo Ofício notícia e registro de que seu nome já constava dos Cadernos do Nefando, tendo confessado ações de molícies e fanchonices cometidas no ano de 1667 com um rapazola de nome Brás Filgueira, sendo por isso mandado em degredo ao Brasil, terra da qual voltava mais infamado que quando saíra em vexame de Portugal.

Seguia encarcerado sob algemas sem que ninguém nunca o convocasse. Era como se os inquisidores não o quisessem vê-lo. Ficou botado em sua cela, na frialdade do tempo, comendo do que lhe jogavam, bebendo água insalubre, tendo por companhia de cela insetos peçonhentos, consumindo-se a cada dia, sem falar ou ser falado, por sete meses desde que fora preso, só sendo convocado à sala dos inquisidores para ser ouvido no dia 10 de março do ano seguinte.

Os tais inquisidores do Santo Ofício não encontraram em Delgado a mesma disposição de arrependimento de Doroteu. Malgrado a fraqueza que o exauria, procurou manter-se sempre ereto, e não teve medo de levantar os olhos quando lhe falaram.

Diante dos membros da mesa, disse que, em 1667, ao ver-se preso pela Inquisição de Lisboa, acusado de fazer sodomia com o rapazola Brás, encheu-se de terror com tão injusta infâmia e, temendo o tormento, muito influenciado pelo alvitre pouco sábio de um encarcerado mais antigo, fez confissão falsa, assumindo ter praticado alguns atos torpes com Brás, atos que, agora, desconhecia, por nunca tê-los cometido efetivamente. Tinha sido dessa prisão que resultara ao réu a má fama que ainda hoje o trazia em estigma.

Quanto às acusações de pecar na sodomia com o moçoilo Doroteu, admitiu a seus inquisidores que fora vencido pela tentação da carne. Que o Diabo sequestrara seus sentidos e que praticara atos torpes e introduzira seu membro desonesto no canal prepóstero de Doroteu, aí fazendo atrito, mas sem nunca despejar semente de geração. Que tais ditos eram verdade e que, arrependido, perante Suas Paternidades clericais, assumia seu quinhão de culpa.

141

Alegou que vivia em um abismo de tormentos por não ter ousado contar suas ofensas a seu confessor e que, por isso, lamentava a todos os santos celestes, acreditando sem embargo na misericórdia generosa do Santo Ofício diante de um pecador que de suas ofensas se arrependia e por sua falibilidade se prostrava.

Quanto às demais acusações que na capital da Terra de Santa Cruz lhe fizeram um sapateiro, um barqueiro, dois escravos, um lavrador, um músico e um confeiteiro, de que lhes propusera conversações desonestas e contatos no nefando, Delgado negara da forma mais veemente tais suposições, chamando seus acusadores de traidores e aleivosos, que com tantas falsidades lhe quiseram infamar. E afirmou que tais infâmias encontravam motivo em dívidas de jogo que com ele tinham, em calotes comerciais que lhe queriam passar e por malquerenças várias, e também por ter insultado o ouvidor, chamando-o cão.

Obedecendo ao Regimento, Delgado apresentou contestação por escrito contra os ditos das testemunhas denunciantes. Pediu, como lhe era facultado, a nomeação de novas testemunhas e a realização de novas diligências. Permanecia vivo e temia menos viver no cárcere que perecer na fogueira.

Por força das tais novas diligências na capital da Terra de Santa Cruz, tornara-se sabido que, das duas gentes nomeadas por Delgado e arroladas como testemunhas, a primeira, uma negra forra de nome Campina, encontrava-se em lugar desconhecido, e a segunda, donzela de nome secular Florência Dias Pereira, perecera em retiro no Convento de Santa Clara, na temporada das chuvas fortes, levada pela peste da bexiga.

A notícia que comunicava ao Santo Ofício o desencontro de Campina e o funéreo evento de Florência dava a saber que, malgrado o pouco tempo desde que abraçara a vida conventual, Florência, em adoração ao Santíssimo Sacramento, jamais faltara a qualquer dos ofícios religiosos do convento, nem a ato algum, excluindo-se os três dias que precederam sua morte. Deixara um baú de madeira de andiroba, com fecho e chave de ferro, seis resmas de papel italiano de boa qualidade, com apontamentos, três penas de pato afiadas e três boticas de tinta da china, tudo devidamente revertido em pecúnia para a glória e a construção daquela obra de Santa Clara.

O sumário de culpas vindo de Salvador deixava nítido que, naquela cidade, entre brancos e pretos, ninguém ignorava que Luiz Delgado era fanchono e sodomita. Também dava conta de que tal fama era constante, firme e não diminuíra com o tempo, e consideraram muito o papel da acumulação desses atos nefandos nas desgraças mortíferas que recaíam sobre a Capitania de Todos os Santos.

Seus inquisidores localizaram nele tendências sodomíticas incorrigíveis, como ousadia e impulsividade, e encontraram que andara muito descomposto, exibindo seus atos demoníacos, como índio notório que aceita a quantos o queiram usar, exercitando seu indizível apetite sem que lhe venha temor a Deus.

O deputado Luís Antunes da Rocha considerava estar Delgado já habituado no crime de sodomia pelos atos torpes que com outros praticara e, também, pela fama que para sua pessoa granjeara. Alegou o referido deputado que tantas e tão repetidas denúncias de penetração perversa por seus cúmplices equivaliam em gravidade à sodomia perfeita, e que todas as contraditas arroladas pelo réu não passavam de trapaças de protelação, haja vista a demora para o cumprimento de diligências e os sumários no distante Brasil, e que, portanto, era de justiça que fosse Luiz Delgado queimado como sodomita convicto e contumaz que era.

Sem embargo, o conjunto da mesa inquisitorial revelou dúvidas quanto à culpabilidade e ao grau de castigo a ser imputado ao réu. As ações vistas e as circunstâncias notadas eram atos indiferentes, que poderiam conduzir tanto para o pecado nefando merecedor das chamas da fogueira, quanto para atos torpes que não mereceriam imolação.

Não havia testemunho de efusão de sêmen intravaso, apenas de comportamento desvairado, porque confessara Delgado grande medo de avançar nesse pecado e somente se contentava com molícies, pondo-se por cima do outro e derramando semente entre as pernas ou sobre o bucho. Quando processado em 1667, também só admitira molícies, malgrado ter sido torturado, e isso terá sido percebido pelos santos julgadores.

Ainda que não pertencesse ao Santo Ofício o conhecimento do pecado de molícies, a devassidão assaz com que se exibia Luiz Delgado corroborava qualquer suspeita contra ele levantada, e ficava ele digno de ser severamente castigado pela culpa que carregava, servindo assim de exemplo, dadas as repetidas denunciações que chegaram à mesa inquisitorial de semelhantes pecados criminosos, que escandalizavam Portugal e todas as partes do Reino.

Quando publicaram seu veredito, Delgado levava já quase três anos naqueles cárceres secretos e abraçava a pouca vida que tinha. Sobrevivia os dias transportado para outros reinos, entre sonho e realidade, conversando com ausentes e dando troços de pão seco aos ratos que o visitassem na cela. Foi num dia longo de calor que tomou conhecimento de sua sentença.

Como não se provara crime de sodomia perfeita contra ele, foi poupado da fogueira e também do vexame de um auto de fé, tendo, por fraqueza do corpo, recebido a misericórdia de ter lida sua sentença na sala do Santo Ofício.

Por suas legítimas culpas em atos libidinosos que tivera com muitos, ficava obrigado a cumprir penas espirituais, recitando as orações tradicionais da Igreja, em continuação a sua primeira pena, porque a oração era o pão cotidiano dos justos, sem o qual não se dá passo na virtude. Também ficava condenado a cumprir pena de degredo nas terras de Angola, sendo o dito degredo em perpetuidade. E, para expurgar-lhe o Demônio do corpo, sentenciavam-lhe castigos físicos de dois tratos no potro.

Levado para a sala de tortura, Luiz Delgado foi deitado no potro, que lhe pareceu uma maca de madeira com tiras nas extremidades, onde teve seus braços e pernas amarrados apertadamente com oito correias de couro.

Tal potro se estirava com o acionamento de um mecanismo circular. Cada trato equivalia a uma volta completa do referido mecanismo. Com o estiramento do potro, os quatro membros de Luiz Delgado estiravam-se igual.

Enquanto se lhe esgarçavam as articulações e os ossos,

clamava por misericórdia a Jesus e a todos os santos do céu e gritava desesperado, feito um leitão em sacrifício malfeito, a ponto de que o médico do Santo Ofício presente à tortura, observando-lhe os sangramentos e inchações, diagnosticou que o réu não resistiria aos dois tratos da sentença, reduzindo-a para um trato e meio. Ao fim do tormento, desfalecido, foi levado de volta ao cárcere para ser curado.

Dias disso, tendo como pregador Frei Nuno Viegas, carmelita descalço, Luiz Delgado assentiu com o termo de sua ida para o degredo, não podendo contudo assiná-lo, uma vez que as torturas no potro haviam tornado imprestáveis seus braços e mãos. Na ocasião, foi informado de que suas custas processuais na Bahia montaram a 4:689$000, e no Santo Ofício de Lisboa, a 6:342$000, dívidas as quais nunca conseguiu quitar.

xv. Lisboa, Luanda, Paraíso

Agora que retomo minha vida em minhas mãos, passo a contar o que sucedeu nas terras desta Angola. É preferível não deixar aos cronistas este relato, e vale mais que eu mesmo o faça, porque as impressões a relatar são de difícil captura por quem não as viveu, sendo portanto necessário que eu, as tendo vivido, as relate.

Já não me cabe falar de tristezas porque, aqui, a única relevância que têm os dissabores é saber que a eles sobrevivi e que deles prefiro não ter recordação. Quando a nau que me trouxe de Portugal se acercou do porto de Luanda, enxerguei a Fortaleza de São Miguel em um monte sobranceiro à baía. Pareceu-me ser de bom augúrio.

Qualquer cristão ou pagão que nestas terras aporte nota logo a pouca gente branca e a muita mestiçagem. Também nota que os moradores da cidade têm direito a carregar arma municiada, de dia e de noite.

Pelo interior, tenta-se plantar açúcar e algodão para a Metrópole, mas, nesta Colônia, tudo o que dá recurso sem ser soldo da

Coroa tem que ver com escravaria. Corre pouca moeda metálica. Militares, funcionários e clérigos, todos os que podem, tiram benefício de vender pretos.

Mormente na cidade baixa, veem-se barracões e quintais murados para depositar os infelizes que chegam do sertão antes de serem vendidos. As ruas quase todas não levam nomes, mas abrigam e por elas transitam negociantes que vestem fatos franceses e chapéus de pluma, calçam sapatos napolitanos, mandam comprar ginetes de duzentos cruzados em Sevilha e bebem a cada ano cinquenta mil cruzados de vinho de Portugal.

Dos quase dois mil brancos naquela Luanda, para cada um contam-se vinte negros. Muitos que chegam, mandados ou aventurados, são indesejáveis, condenados, órfãos e pedintes, quase todos varões.

Para aqueles que recebem soldo da Coroa e contribuem para a Igreja, as obras caritativas de Lisboa enviam criadas, tecedeiras e putas reformadas para que com eles e sua benemerência se casem e procriem, populando estes domínios com gente de maior valor. Fornicar que farte para povoar as terras do Senhor El Rei, é o que vêm fazer nesta África.

Aos varões brancos a quem Nosso Senhor Jesus Cristo não destina tal regalo, cabe seguir formalmente solteiros e fazer geração nas escravas que haja, quantas sejam elas, excedendo os direitos que a Santa Igreja concede e aconselha.

Nos quintais das casas dos proprietários de escravos, que são quaisquer europeus, ricos ou pobres, constroem-se barracos de pau a pique da tradição, com paredes rebocadas com argila e com cobertura de capim, agrupados em senzalas.

Ditos agrupamentos, contudo, em muito depassam os limites

dos quintais em que são levantados e ganham por invasão os espaços livres entre as construções de alvenaria dos europeus, desfigurando os traços de Europa no rosto daquela cidade-porto.

Em Angola, a terra é mais barata que no Brasil e tratam melhor os degredados, que, como asseverei, são muitos. Contam-se entre eles homens do povo, pajens, negociantes, oficiais mecânicos, religiosos e fidalgos, de toda procedência, crime e pecado. Entre esses ditos degredados, há muitos praticantes do nefando, porque Angola se destina à penitência dos pecadores mais vis, como assim os entendem aqueles bruaqueiros do Santo Ofício.

No entanto e em paradoxo, aqui, as ofensas contra a fé parecem menos policiadas e há muitos clérigos pardos, filhos de portugueses com negras do lugar. As procissões e os cultos de Cristo e dos santos têm sempre a participação de danças e cantos africanos, e parecem-se a festa de atabaques, sem que por isso se acuse blasfêmia.

Quando aportei, passou comigo o que passa a todos os degredados por pecado que vêm dar nestas costas da África. Da ilha, levaram-nos à terra firme para que nos registrasse a Câmara Municipal. Alguns dos chegados e registrados, entre os quais figurou este que vos fala, eram ademais designados para servir em obras reais pela praia ou pelo interior.

Por insolvente e desprezível, estaria eu, Luiz Delgado, a serviço das Lavras Reais, nas minas de prata e sal, até pagar as custas processuais e carcerárias por mim devidas junto à Inquisição.

As referidas lavras ficavam entre as fortalezas de Massangano e da Muxima, naquele sertão além do encontro do rio Cuanza com o rio Lucala, a umas setenta léguas da costa, continente adentro.

Pelos dias em que se organizava um comboio de homens que seguiria para tal sertão, decidiu-se que os degredados das minas quedariam detentos na prisão que houvesse disponível. Tal sorte também recaíra sobre um negro de nome Ganga, gentio daquela terra, em cuja mesma cela me encerraram.

Consideravam ao preto e a mim incorrigíveis e tão estragados que em nós não se teria esperança alguma de emenda ou conversão. O negro Ganga e eu trazíamos no pescoço grilhões ancorados sob uma janela gradeada pela qual entrava luz do sol e a brisa do mar. Tal prisão na qual nos encerraram era situada em lugar eminente, de grande vista para o mar e para a terra, com boa construção de pedra e cal, tijolo e telha.

O preto aprendera português, e entabulamos conversa na cela porque não havia quem nos ouvisse ou censurasse. E a tal conversa durou noite e dia e nunca encerrou de fato, e foi Ganga que confidenciou ser somitigo e por essa razão ter sido devolvido em degredo para estas terras.

E mais me disse que não lhe dava vexame fazer tal confissão, porque, na terra de que viera, ser somitigo não era desonra, mas honra, e de chegar em retorno a sua gente, lhe retirariam toda a infâmia que Portugal lhe colocara e incensariam a ele e a quem por tal defeito fosse sancionado.

Disse que seria o mesmo entre os Azande, os Lango, os Siwan, os Tanala, os Thonga, os Mbundu, os Ila, os Ambo, os Bantu, os Ovimbundu, e também os Korongo. E nisso pareceu muito seguro e conhecedor.

Por esgotamento e também por não haver ninguém que nos percebera, fiz-lhe confidência de que também eu tinha parte com o nefando, e que por essa mesma razão vinha degredado do Brasil. Que me enamorara de rapazes e que nunca tivera apetite por fêmeas. E que orara muito e pedira a Deus que me livrasse de tal sen-

timento, mas que me resignara com o desígnio divino de manter-me inclinado aos varões, de corpo e de coração. "É da nossa natureza", *disse-me Ganga.*

E tal confissão que fizemos reciprocamente nos deixou acercados de alma em amizade honesta, e foi assim que seguimos na caravana que nos levou ao sertão, sendo que Ganga ofertou-me antes de que partíssemos uma bolsa de mandinga que fizera para proteger-me de qualquer ataque que pudesse ser, sugerindo que a mantivesse sempre bem pegada aos flancos.

Entramos nos interiores pelo sudeste. Nesse caminho vimos aventureiros, perdidos e desertores. Já não trazíamos os degredados ferros ao pescoço e seguíamos em fila, amarrados de corda pelas mãos.

Nos arredores da dita Fortaleza de Massangano, apeou a caravana para descanso e aprovisionamento, e notou-se muita agitação por parte de um negro paramentado de chefe, que também parava por lá quando batera os olhos no negro Ganga, com quem conversou em língua kimbundu, para depois partir por outros caminhos.

De aí a três dias de havermos deixado Massangano no rumo das minas de prata, quando já passava a caravana pelo sul da Quiçama, fomos interrompidos em nossa rota pela belicosidade de negros da terra, que nos barraram o caminho com adagas, espadas e lanças.

Eram uma dezena de guerreiros de aparência feroz. Sobre a cabeça de cada um, havia um barrete extravagante ornamentado com penas de avestruzes, pavões, galos e outros pássaros, o que fazia os homens parecerem altos e apavorantes. Acima da cintura, vinham inteiramente nus com colares de ferro com anéis grandes e pequenos pendendo de cada lado, à direita e à esquerda, como pompa militar. Abaixo da cintura, vestiam bombachas de lona de algodão e, sobre elas, uma vestimenta que chegava até os pés, com as dobras enfiadas sob um cinturão. Tal cinturão era de requintado acabamento, com sinos acoplados. Nas pernas, calçavam botas similares às enlaçadas dos portugueses.

Sob ameaça de arma acenaram a que Ganga fosse libertado e, quando o libertaram e o tiveram junto e com ele confabularam, Ganga lhes terá dito que me libertassem também, porque assim o fizeram, e segui com aquele congresso de pretos emplumados e senti nisso muita satisfação e alívio.

Baixamos por vales férteis, comendo carne de caça e bebendo água à vontade, e me sentia bem cômodo porque Ganga já me ensinava a língua de sua corporação. No tratamento com os guerreiros, notava-se-lhe a importância, porque lhe davam muita reverência. Quando saudavam a ele e a mim pegavam muito em seus membros viris, sem no entanto endurecê-los.

Quando arribamos ao nosso campo de destino, no regaço daquela nação, celebraram os negros muito a figura de Ganga. Raparam-lhe a barba, enfarinharam-lhe o rosto e pintaram-no com várias tintas, que ele, orgulhoso, ostentou.

Depois, cobriram-lhe os ombros com uma pele de leão e um couro de hiena, e neles penduraram sinetas as quais chamaram pamba. Em sacrifício, sobre um tecido de folha de baobá, sangraram um galo, uma serpente e um cão e acenderam um cachimbo grande de erva santa, o qual dividiram entre todos os adultos presentes, machos e fêmeas.

A casta de Ganga é a dos mais finos feiticeiros, que todo o mais gentio respeita e não os ofende em coisa alguma. São machos, mas parecem capões, andando sempre de barba rapada e de roupas mulheris. Vivem publicamente sua inversão. Não há lei que os condene nem ação que lhes seja proibida. Nunca se lhes impõe castigo, mesmo sem embaraço de sua impudência.

É que há entre os gentios de Angola bastante sodomia, tendo uns com os outros muitos deleites. Chamam-se pelo nome da terra: quimbanda, os quais, nos distritos ou terras onde os há, têm livre comunicação entre si. Na Bahia, lhes diriam sujos, imprudentes, descarados, bestiais, e, entre os moradores de Pentápolis, teriam o primeiro lugar.

No entanto, em seus distritos, são mágicos, médicos e sacerdotes e não há capitão na guerra ou chefe de aldeia em paz que não retenha alguns deles consigo, sem cujo conselho de aprovação não se atreverá a cumprir nenhum ato de jurisdição ou decidir sobre qualquer resolução.

Por ser amigo de Ganga e também por ser somitigo, me celebraram e agasalharam e me deixaram fazer atos lúbricos com quem quer que se dispusesse a fazê-los comigo, e a ninguém isso pareceu vergonha, tampouco nas ações sensuais que cometem entre si as mulheres, casadas ou solteiras.

A hospitalidade desta gente me provê comida, água e respeito, e tenho na minha maloca feita de adobe bem ajustado uma cuia com água para lavar-me os pés antes de dormir e uma candeia a óleo de dendém. Quando morre um da família, chamam-me para o Tambe para comer e chorar com eles.

Certa feita, faz duas ou três estações, meu vizinho Kambami trouxe-me a minha maloca um cesto de mamões para que deles provássemos juntos. Encontrei-o moçoilo amorável. Em kimbundu, no qual já me oriento, disse-lhe que não me atreveria a declarar o que nele amo, porque são tantas as coisas que nele o fazem bem-amado que logram a me dificultar a razão.

Kambami disse-me que lhe apitaram o coração e a natura no primeiro mês em que me vira ocupar aquela maloca, e que seguiam apitando quando punha os olhos em mim. E que, para tanto, não havia explicação. "É da nossa natureza", disse. E acrescentou que causas do coração melhor se explicam em bem senti-las.

E como as sinto! Vejo nesta terra meu coração aliviado e todo o meu espírito sem culpa, sem pecado, com os gostos da alegria. Todo o meu ser se apazigua. Depois de tanta desventura, com todo o meu amor bem punido por danação, meus braços têm a quem abraçar, meus olhos têm para quem olhar, e não quero senão extravasar-lhe meu muito afeto.

Quis a criação que me apaixonasse nesta Angola e que me estalasse o coração sem lhe poder dar remédio. Não lhe posso explicar que delícias me provoca. Não se imagina a glória que disso tenho.

Meu coração é um incêndio, e gosto disso imenso. Digo-lhe com todos os cinco sentidos e com toda a essência de meu ser: vida, ama-me muito e paga-me na mesma moeda, porque te amo muito, muito, muito...

ESTA OBRA FOI COMPOSTA POR VANESSA LIMA EM MERIDIEN
E IMPRESSA EM OFSETE PELA GRÁFICA PAYM SOBRE PAPEL PÓLEN BOLD
DA SUZANO S.A. PARA A EDITORA SCHWARCZ EM AGOSTO DE 2023

A marca FSC® é a garantia de que a madeira utilizada na fabricação do papel deste livro provém de florestas que foram gerenciadas de maneira ambientalmente correta, socialmente justa e economicamente viável, além de outras fontes de origem controlada.